Postfach 120307 | 10593 Berlin
transit@transit-verlag.de
www.transit-verlag.de

Umschlaggestaltung und Layout:
Gudrun Fröba
Druck und Bindung: CPI Deutschland
ISBN 978 3 88747 418 8

FSC
MIX
Papier
FSC® C083411

Andreas Hoffmann

Unmögliche BEGEGNUNGEN

: TRANSIT

INHALT

EINLEITUNG

»Unmögliche Begegnungen«, das liest sich wie ein Paradox. Finden Begegnungen nicht ständig statt? An der Kasse des Supermarkts oder sonstwo? Grüß Gott, Ihre BahnCard bitte, guten Appetit.

Aber um die geht es hier gar nicht. Auch nicht um Begegnungen nach dem Motto »Gleich und gleich gesellt sich gern«, also um Personen, die, wie es ein Soziologe einmal formulierte, »Gleichheit oder Ähnlichkeit des Berufes oder der Kunst« zueinander führen. Oder andere Gleichheiten. Nein, dieses Buch handelt von Diskrepanzen, von mehr oder minder prominenten Personen, die gerade wegen oder trotz offensichtlicher Ungleichheiten miteinander ins Gespräch fanden. Leute verschiedenen Standes, unterschiedlicher Generationen, konträrer politischer Positionen oder anderen Glaubens. Der Zufall wählt aus, wer sich begegnet, Freundschaft entsteht gewollt.

Soweit will dieses Buch nicht gehen. Nicht Freundschaften stehen im Fokus, sondern lediglich kurze Begegnungen, ein paar Stunden oder Tage, einmalig oder auch öfters, episodenhaft oder Weichen stellend für ein ganzes Leben. Möglich wurden die Treffen, weil die Gesprächspaare – wenigstens für den Moment – das sie Trennende außer Acht ließen.

Der Ort aller zwanzig »unmöglichen« Begegnungen ist Berlin, das sich kosmopolitisch entwickelte, nachdem die ersten Glaubensflüchtlinge Ende des 17. Jahrhunderts Einzug hielten. Schon im Jahre 1800 konnte Jean Paul schreiben: »Berlin ist mehr ein Weltteil, als eine Stadt, wo sich aus der größeren Menge leichter eine gesellige Einsamkeit erwählen lässet.« Den Reigen eröffnen Herr Leibniz aus Leipzig und die Hannoveranerin Sophie Charlotte, es folgen eine Dessauerin, eine arme Frau aus Fahrland und ein gestandener Mann aus der Altmark. Aus Königsberg und Breslau reisen welche an, ja selbst von jenseits des Atlantiks. Rheingau und Harz sind Heimatorte, Düsseldorf und Stuttgart nicht zu vergessen. Als letzte begegnet eine sensible Berliner Malerin, Bärbel Bohley, einem Staatsmann von Gewicht, Helmut Kohl, »pälzisch« sein Dialekt. Normalerweise hätten sie sich nie kennengelernt. Doch was heißt schon »normal« in einer vernetzten Welt voller Umbrüche?

Die meisten Protagonisten des Buches waren nicht vernetzt im heutigen Sinne. Zum Glück! Sie löschten nicht ihre E-Mails, um Speicherplatz zu schaffen, ihnen stürzten keine Festplatten ab. Elektronik war ihnen fremd, Papier und Tinte geläufig. Sie schrieben Briefe, Tagebücher, Erinnerungen, und andere schrieben über sie. Wie hilflos wären Historiker, hätten sie es nicht getan, und wie sehr raufen sie sich die Haare darüber, dass manche ihre Briefe verbrannten, das Tagebuch noch dazu und wenn zum Memoirenschreiben keine Zeit war.

Große Haupt- und Staatssachen der Geschichte kommen, wenn überhaupt, nur am Rande vor. Hineingeleuchtet wird ins Private, so hell, wie es die Quellen zulassen, so weit, wie es die Betroffenen erlauben. Bekannte Personen erscheinen in neuem Licht, vergessene kehren zurück in die Erinnerung, königliche Hoheiten und Exzellenzen ebenso wie das gemeine Volk. Bischöfe und eine Nachtclubsängerin treten auf, Juristen und Leichtathleten. Ein Unternehmer mit philosophischem Anspruch findet ins Gespräch mit einem Kommunisten, Juden suchen den Austausch mit Christen und die mit Juden. Auf dem Jahrmarkt der Eitlen und Bescheidenen tummeln sich Künstlerinnen und Ärzte, Schauspielerinnen und solche, die sich anstrengen, es zu werden. Ob erfolgreich oder gescheitert, man spricht miteinander. Auch das Alter macht keinen Unterschied. Die jüngste Protagonistin zählt bei ihrer ersten Begegnung neun Jahre, die älteste neunundachtzig. Keine dieser Personen lebt mehr. Die erste starb 1705, die letzte im Jahr 2017.

Die jeweiligen Zeitumstände, früher weit weniger liberal und rechtsstaatlich als heutige, machten vielen das offene Gespräch schwer. Man denke an die Demokraten im Vormärz, die Jüdinnen in antisemitischem Umfeld, die überzeugten Sozialisten im deutschnationalen Kapitalismus, die Homosexuellen unter dem Paragraph 175 oder an die Männer und Frauen, die mit verhohlener Kritik und versteckter Resilienz den Nationalsozialismus durchlebten, den sie innerlich verabscheuten. Manches Verhalten, schlingernd zwischen Anpassung und Auflehnung, erscheint ambivalent – aber steht es uns zu, das zu bewerten oder zu verurteilen?

Gottfried Wilhelm Leibniz (1646-1716), aus einer Leipziger Professorenfamilie stammend, lernt viel und heimlich in der Bibliothek seines Vaters, mehr noch auf der städtischen Nikolaischule und promoviert an der Universität. Er gilt als letzter Universalgelehrter mit dem gesammelten Wissen im Vorfeld der Aufklärung. Am hannoverschen Hof nimmt er als Historiograph keinen hohen Rang ein. Gleichwohl schätzt die Kurfürstin seine Gesellschaft. Ihre Tochter in Berlin gewährt dem Untertanen monatelang Aufenthalt an ihrer Seite. Sie sieht in ihm ihren Lehrer.

Sophie Charlotte von Brandenburg (1668-1705) ist die einzige Tochter des späteren hannoverschen Kurfürstenpaares Sophie und Ernst August. Ihre Mutter, selbst eine gebildete und schöne Frau, achtet auf eine für ein Mädchen mehr als standesgemäße Ausbildung ihrer Tochter, die drei Fremdsprachen fließend zu sprechen lernt. Es bleibt nicht aus, dass sich Sophie Charlotte darüber hinaus sehr für Kultur und Wissenschaft interessiert. Sie wird mit dem brandenburgischen Kurfürsten Friedrich III. vermählt und besteigt mit ihm 1701 den Königsthron Preußens.

Im November 1698 bittet Sophie Charlotte den Philosophen unter dem Vorwand zu sich, die Pläne ihres im Bau befindlichen Schlosses (Charlottenburg) zu beurteilen.

GOTTFRIED WILHELM LEIBNIZ zählt gewiss zu den berühmtesten Deutschen in der Welt. Sophie Charlottes Name findet sich wenigstens noch im Westen Berlins. Eine Schule, eine Straße, eine Platzanlage samt U-Bahnstation, ein etwa 500 Meter langes Schloss mit fünfzig Hektar Park, ja, ein ganzer Stadtteil sind dort nach ihr benannt.

Der Hofrat und die Fürstin, nach kurfürstlich-hannoverscher Hofrangordnung acht Stufen voneinander entfernt: Gesprächspartner auf Augenhöhe? Er aus Leipzig, sie in Iburg geboren, fast zwanzig Jahre nach ihm, beide der Stolz ihrer Eltern. Leibniz, Spross eines gebildeten Ehepaares, die Mutter 24 Jahre jünger als ihr Mann, ist mit Zwanzig bereits promovierter Jurist und fast schon habilitiert wie sein Vater und Großvater. Sophie Charlotte, als einzige Tochter von ihrer Mutter, der Herzogin Sophie von Braunschweig-Lüneburg, sehr geliebt, erhält die gleiche fundierte Ausbildung wie ihre sechs Brüder. Der Redakteur des Pariser Magazins *Mercure Galant* schrieb im November 1684, worauf es noch ankam: »Sie hat einen wunderschönen Hals und die zarteste Haut, die man sich vorstellen kann, große, sanfte blaue Augen, eine Fülle schwarzen Haares [das sie immer offen und ungepudert trug], wie mit dem Zirkel gezogene Augenbrauen, eine wohlproportionierte Nase, einen blutroten Mund, sehr schöne Zähne und einen sehr gesunden Teint.« Und Frankreichs Gesandter in Berlin fügte hinzu: »Sie weiß viel, sie liest täglich drei bis vier Stunden, aber keinen Schund, sondern die besten Autoren. Sie spricht gut Italienisch und sie liebt die Kunst«, kurzum: »Sie ist eine Gelehrte, aber in der Art einer Fürstin.«

Leibniz, der bürgerliche Gelehrte, zeigte sein Haar nicht. Er trug stets Perücke. Von »mittelmäßiger größe« beschrieb er sich selbst, »mager, bleich von gesicht. Hat meistentheils kalte hände, ist zum schweiß nicht disponirt, hat lange füße und finger, und ganz dürre.« Da war er dreißig. Als er sechzig war, meinte ein Höfling, er gliche äußerlich einem Hofnarren. Mag sein, Leibniz lebte nicht à la mode, als Philosoph aber zählte er in Europa zu den Großen, neben Isaac Newton, Christiaan Huygens, Baruch de Spinoza, John Toland, mit denen er rege Kontakt hielt. Zirka 15.000 Briefe schrieb Leibniz, aber nur ein einziges ausführliches philosophisches Werk – und auch das nur dank einer fürstlichen Muse. Wie das?

Neudeutsch würde man ihn heute als Workaholic bezeichnen. Die Hände hatte er voll mit Aufträgen seines Dienstherrn, des hannoverschen Herzogs (ab 1692 Kurfürst): juristische Gutachten für die politischen Händel seiner Zeit, speziell Erbsachen, Informationen für die Gesandten, Gebrauchspoesie für fürstliche Feste und ein Geschichtswerk über das edle Geschlecht der Welfen, das dem Historiographen lebenslang auskömmlich Gehalt, Reisepässe und Spesen eintrug, aber nie fertig wurde. Den Kopf hatte er voller eigener Ideen. Im September 1695 stöhnte er: »So viel Neues habe ich in der Mathematik, so viele Gedanken in der Philosophie, so viele literarische Betrachtungen, die ich nicht umkommen lassen möchte, daß ich oft nicht weiß, was ich zuerst tun soll.« Da war seine Rechenmaschine, an der er ein Leben lang feilte, da war ein deutsches Wörterbuch (das die Brüder Grimm begannen), da waren ökumenische Pläne, da war die »Characteristica universalis« als international präzise Formelsprache (die sich nie durchsetzte) und das binäre Zahlensystem, die Dyadik, auf den Zeichen 0 und 1 fußend (unerlässlich für die heutige Kommunikation) und da war die Infinitesimalrechnung, nach der wir bis heute Kurveneigenschaften ermitteln. Und wenn er mit dem oft zitierten Satz provozierte, Gott habe für die Menschen die »beste aller möglichen Welten« erschaffen (sonst wäre der Schöpfer ja unvollkommen), so forderten die Dispute darüber auch ihre Zeit. Denen stellte er sich gern, besonders wenn Adlige zugegen waren. Denn Fürstenberater zu sein, egal ob in Hannover, Dresden, Wien oder Paris, dazu sah er sich berufen, manchmal gar gerufen. Zum Beispiel nach Lützenburg bei Berlin.

So hieß das Sommerschloss bei dem Dorfe Lietzow, etwa eine Meile westlich Berlins, das Kurfürst Friedrich III. von Brandenburg seiner hannoverschen Gemahlin Sophie Charlotte bauen ließ. Sie waren 1684 verheiratet worden, er elf Jahre älter und bereits verwitwet, sie als unstandesgemäße Braut an den Höfen von Fontainebleau und München abgelehnt. Prinz und Prinzessin lebten in dem frisch modernisierten Schloss von Köpenick. Sophie Charlotte brachte drei Söhne zur Welt, der erste starb nach hundert Tagen, der zweite bei der Geburt, der dritte blieb am Leben, Friedrich Wilhelm, der Thronfolger. Damit hatte die Prinzessin ihre vornehmste Pflicht erfüllt. Zukünftig lebten die nach Bildung, Lebensart und -freude grundverschiedenen Eheleute weitgehend parallel und getrennt. Sobald Schloss Lützenburg bewohnbar war, verbrachte Sophie Charlotte die warmen Monate dort und die kühlen, vor allem zum Karneval, so lange wie möglich bei der Mutter in Hannover. Friedrich regierte von Berlin und sommers von Schönhausen aus. Nach Lützenburg fuhr er nur, wenn von der Schlossherrin, seiner Gattin, eingeladen. Anlässlich seiner Geburtstagsfeier weihte sie am 11. Juli 1699 (nach heutigem Kalender 21. Juli) ihr Schloss ein. Fertiggestellt war es noch längst nicht.

Mit der klugen, belesenen Fürstin zu plaudern, danach trachtete – wie viele Männer von weit höherem Stand – auch der einfache Bürger Gottfried Wilhelm Leibniz, dessen lehrreiche, heitere Gespräche schon deren Mutter Sophie in Hannover ergötzten. Zur Geburt Friedrich Wilhelms im August 1688 gratulierte er Sophie Charlotte brieflich. Dreieinhalb Jahre ließ ihr Dank auf sich warten. Sogleich schrieb Leibniz zurück; diesmal erhielt er gar keine Antwort. Erst Ernst Jablonski stiftete den Kontakt. Der Berliner Hofprediger ließ dem erfreuten Leibniz im Mai 1697 mitteilen, Sophie Charlotte bemängele, in ihrer Hauptstadt sei »kein Observatorium befindlich.« Endlich ein Projekt, das er gemeinsam mit der Kurfürstin entwickeln wollte (im Jahre 1700 wurde daraus die Societät – heute: Berlin-Brandenburgische Akademie der Wissenschaften). Er umschmeichelte sie, pries im Dezember 1697 die schöne Bildung ihres neunjährigen lernunwilligen Sohnes, des späterhin so derben, groben, prügelnden Soldatenkönigs. Mit Salomo verglich er ihren Gemahl, einen Mann der einfachen Denkungsart, und sie war für Leibniz wie die Königin von Saba. Er werde mit ihr »durch die Tartarei nach China reisen in Schlitten, die mit Segeln versehen sind.« Den Trank der Unsterblichkeit wolle er ihr in einer Schale reichen, »treuer als Psyche.« Ein unziemlich anzüglicher Brief für einen Un-

Sophie Charlotte und Leibniz im Gespräch in Charlottenburg, Holzschnitt von Johann Philipp Albert Vogel nach Adolph Menzel, 1846. Der Spaziergang kann so nicht stattgefunden haben. Den Schlossturm gibt es erst seit 1712

tertanen ihrer Mutter! Keine Antwort. Sie überließ die Korrespondenz mit ihm Jablonski. Um die Sternwarte ging es, sonst nichts.

Im November 1698 sandte Kurfürst Georg Ludwig seinen Geheimen Justizrat Leibniz für drei Tage auf Dienstreise von Hannover nach Berlin. Sophie Charlotte bat ihn dabei nach »Lutzenbourg«, sich zu Schlossbau und Parkentwurf zu äußern. Es scheint, »Monsieur de Leibnits« tat es ihr an, denn in der Folge flogen ihre Briefe hin und her. Am 22. August (1. September) 1699 lässt sie sich soweit herab einzugestehen, sie sei »une de vos disciples des apresant pour de celles qui vous estiment et considerent vostre merite.« Die Kurfürstin seine Schülerin! Eine, die ihn schätzt und seine Meriten würdigt! Ohne Frage, für den allzeit alleinstehenden Mann begann eine glückliche Zeit, und die vielseits umworbene Frau sah besonders anregenden Begegnungen entgegen. Wir wissen davon aus ihren Korrespondenzen mit Sophie, inzwischen Fürstenwitwe in Hannover. Am 22. Mai 1700 schrieb ihr Leibniz, nach vergeblicher Zimmersuche in Berlin habe »die Kurfürstin mir gnädig die ihre eigene großmütige Güte erwiesen und mir sogar ein Zimmer anweisen lassen in diesem Lustschloss«, Lützenburg nämlich. Als sie ihm, wie jedem Gast auch, durch ihr Kammerfräulein Henriette von Pöllnitz Medaillen zum Abschied überreichen ließ, da jedoch fühlte er sich enttäuscht »für einen Fremden gehalten«.

Im März 1702 kaufte sich Fräulein von Pöllnitz ein neues Mathematikbuch, dessen Inhalt ihr zu hoch war. Sophie Charlotte nahm dies zum Vorwand, Leibniz einzuladen, ihr das Buch näherzubringen. Das Kammerfräulein ermunterte ihn zusätzlich: »Denn wir verhalten uns so, wie das deutsche Sprichwort sagt: ›Wenn die Katze nicht zu Hause ist, danzen die Meuse auf den Bänken.‹« Besagter Kater, der König, befand sich im Spanischen Erbfolgekrieg. »Sie tun ein Liebeswerk, wenn Sie kommen, denn die Königin hat keine lebende Seele, mit der sie Gespräche führen kann.« Leibniz beantragte, sein Kurfürst genehmigte die Reise. Elf Monate dauerte der Urlaub. Am 11. Juni traf er ein. Aus Hannover kam auch Sophie, die Mutter der nunmehr preußischen Königin, und am 28. Juli stieg eine zweite Koryphäe in Lützenburg ab, der Ire John Toland. Seine Schrift *Christianity not Mysterious* hatte man in Dublin öffentlich verbrannt, aber nicht den Gedanken, den es enthielt: Gottes Wort müsse allem vernünftigen Zweifel standhalten. Wo nicht, gelte es nicht. Auch nicht die Lehre von der Unsterblichkeit der Seele. Leibniz ließ Tolands radikale Zweifel nicht gelten, bewies den Fortbestand der Seele nach dem physischen Ableben, hielt Gott für existent und im Grunde gnädig. Sophie Charlotte, ihre Mutter und ihr Kammerfräulein, alle drei gewitzt und fragelustig, hatten Spaß daran, wie die Zwei sich vor ihren Ohren stritten und manchen Tages mischten noch Hugenotten aus der Friedrichstadt mit. Als Sophie

Charlotte den Aufklärer Pierre Bayle zitierte, wurde es vollends turbulent: Gott ein absolutistischer Monarch, ein schlechter Regent? Immer wieder kreiste die Diskussion um die Frage, warum dieser omnipotente Souverän all das Böse zuließ, Krankheit und Siechtum, Hunger und Krieg. Als steten Anreiz für die menschliche Freiheit, die Welt zu bessern, war Leibniz' Standpunkt. Die gegenwärtige Welt sei die bisher beste. Ob das überzeugte?

Im Jahre 1710 veröffentlichte er, inspiriert von der monatelangen Begegnung mit Sophie Charlotte, seine Ansichten in den *Essais de theodicée,* seinem einzigen Buch. Mit nachhallendem Echo. Noch Bertrand Russell erregte sich 1927: Ku-Klux-Clan und Faschismus als Verbesserer von Gottes bester aller Welten? Niemals! Wen das Buch nicht mehr erreichte, war diejenige, deren beharrlich wiederholtem »Warum des Warum« es Leibniz zuschrieb, die Königin. Nach jenen denkwürdigen elf Monaten sah er sie in Lützenburg noch dreimal, zuletzt nach Neujahr 1705. In dem unbeheizbaren Schloss, immer noch Baustelle, traf er sie an, wie sie sich fröstelnd auf ihre Winterreise nach Hannover vorbereitete. Ernsthaft erkältet begab sie sich dort sofort in ärztliche Obhut, doch halfen Aderlass, Klistiere, Säfte und Pflaster nichts mehr. Am frühen Morgen des 1. Februar 1705 starb sie.

Sofort startete ein Reiter mit der Botschaft nach Berlin. Leibniz war zutiefst erschüttert. Seinen Brief an Henriette von Pöllnitz nahm der Bote gleich mit zurück nach Hannover: »Ich weine nicht, ich beklage mich nicht, aber ich weiß nicht, wo ich bin. Der Verlust der Königin scheint mir ein Traum, aber erwache ich aus meinem Dämmer, finde ich ihn nur zu wahr.« Und er fügte hinzu: »Der König ist untröstlich.« Friedrich wahrte das Gedächtnis an seine Frau auf seine Art. »Lützenburg« benannte er um in »Charlottenburg«, den Häusern davor gab er Stadtrecht und sich selbst den Titel des Bürgermeisters. Gottfried Wilhelm Leibniz unterlag nach langem, marterndem Kampf am 14. November 1716 in Hannover der Gicht.

Friedrich Wilhelm II. von Preußen (1744-1797) regiert elf Jahre. Der Neffe und Thronfolger König Friedrichs II. vergrößert sein Land auf Kosten Polens erheblich und erlangt vertraglich von Frankreich Frieden für Preußen und eine Anwartschaft auf Hannover. Seinen Ausgaben für Mätressen und Günstlinge schreibt man den Bankrott des Landes zu. Zweimal nacheinander lässt er sich offiziell und »zur linken Hand« trauen. Eine Bürgerliche, die er zur Gräfin erhebt, bleibt ihm sein Leben lang treu, Wilhelmine von Lichtenau.

Wilhelmine (1753-1820), geborene Encke, ist die Tochter eines Dessauer Hornisten. Friedrich II. holt ihn 1763 zu sich in sein Orchester. Er betreibt auch eine Gastwirtschaft. Die Familie wohnt zuerst in Berlin, dann in Potsdam direkt beim Stadtschloss. Das Mädchen fällt Friedrich Wilhelm auf. Er verhilft dem Kind zu Bildung und Etikette, verliebt sich in die junge Frau und verschafft ihr Rang und Reichtum. Bei allen Geliebten, die er hat, bleibt sie seine Vertraute und ist am Lebensende der einzige Mensch, den er um sich duldet.

Erstmals begegnet Wilhelmine dem Prinzen als Kind bei einer Gesellschaft ihrer älteren, mit einem polnischen Grafen verheirateten Schwester in Potsdam.

»MEINE GEDULD IST ERSCHÖPFT; ich kann nicht länger schweigen!« Ein Aufschrei. Erster Satz einer Art Autobiografie der Wilhelmine von Lichtenau, *Apologie* genannt. Von professioneller Hand für sie verfasst als Abbitte, als Verteidigungsschrift. Wozu die Mühe? Wieso wendet sich die Frau 1808, elf Jahre nach dem Tod ihres Geliebten, des Königs, an die Öffentlichkeit, so müde und so laut? Weshalb dieses Stöhnen, dieser Schrei am Beginn ihres Buches? Ein Schrei gegen die Vorwürfe, die man ihr macht. Hatte sie wirklich als des Königs Mätresse den Staat geplündert? Wie auch immer, diese Apologie nebst den Briefen und Akten, die im Geheimen Staatsarchiv Preußischer Kulturbesitz in Berlin-Dahlem lagern, erhellen ein für Europas Höfe einmaliges Verhältnis eines Fürsten und seiner bürgerlichen Geliebten. Beide empörte das Etikett »Mätresse«. Eine »Freündin« war sie ihm, und sie sah sich auch so.

Ihre erste Begegnung erzählt sie in ihrer *Apologie* sehr genau. Ihre ältere Schwester Renate, die eingeheiratete Gräfin Matuschka, gab in ihrem Potsdamer Haus eine Gesellschaft. Zu Gast waren auch Fürst Friedrich Franz von Anhalt-Dessau und Prinz Friedrich Wilhelm von Preußen. Wilhelmine, damals etwa neun Jahre alt, war auch da. Der Dessauer war einer ihrer Paten, ihr Vater hatte in dessen Hofkapelle gespielt. Der Fürst »nahm mich auf den Arm, küßte mich, und sagte zum Kronprinzen: ich empfehle diese Kleine Ihrer Gnade! Der Kronprinz nahm mich dann auch auf den Arm, und versprach, wenn ich älter werden würde, für mich zu sorgen. – Ungefähr als ein dreizehnjähriges Mädchen sah mich der Kronprinz abermal in meiner Schwester Hause, bei welcher ich zuletzt wohnte.« Nunmehr löste Friedrich Wilhelm sein Versprechen ein und dies umso lieber, als ihm das Mädchen ausnehmend gefiel. Er machte dem Ehepaar Encke in der Spandauer Straße in Berlin seine Aufwartung. Die Eltern willigten ein, dass er Wilhelmine nach ihrer Konfirmation zu sich nahm, um sie zu erziehen und zu bilden.

Sie ging mit ihm nach Potsdam. Eine Hugenottin, Madame Girard, stellte er an, um ihr Französisch beizubringen, »der Kronprinz selbst aber lehrte mich Geschichte und Geographie: und dieser Unterricht dauerte fast unausgesetzt drei Jahre, als so lange ich in Potsdam blieb.« Möglichst wenig Aufsehen sollte dies erregen. Deshalb brachte Friedrich Wilhelm seine Schülerin vor der Stadt nahe des Heiligen Sees bei der Familie des Gärtners Johann Ritz unter (dessen Sohn Johann Friedrich später formal Wilhelmines Ehemann wurde). Friedrich Wilhelm besuchte sie in der Gärtnerei. Er und seine Familie wohnten bis zur Thronbesteigung im Kabinettshaus Am Neuen Markt 1, Wilhelmines Eltern ab 1766 nicht weit weg in der Schloßstraße 9.

Dieses Bemühen des zukünftigen Königs um die Bildung eines Mädchens, das einmal eine eminent wichtige Person in seinem Leben werden sollte, nimmt sich einzigartig aus in den Kabalen und Liebeleien der Mätressen und Gönner, Kurtisanen und Galane an Europas Höfen. Ein Didaktiker war Friedrich Wilhelm nicht, wie auch. Doch besaß er pädagogisches Ethos. »Ich habe meine bücher und land karten an jetzo zusammen«, schrieb er Wilhelmine zum Schulstart, »und wenn du den willst so wollen wir wen du hier bist unserer kleine informations anfangen ich hofe das du mit deinen informator wirst zu frieden sein er wird seiner kleinen schülerin gewis nicht zu viel thun und wird ihr gewis niemals auf die finger geben wen sie nicht wird gut lernen wollen«. Der Prinz hatte sich auch ein Curriculum ausgedacht, täglich drei Fächer zu je dreißig Minuten: »geographie oder die Kenntnis der länder«, »historie oder die kentnis der geschichte [...] von allen königreichen und ländern die auf unserer erde seind; und drittens wollen wir uns üben das frantzösische gut zu verstehen«. Der Brief endete so verliebt wie ehrlich: »ich bin bis im grabe dein getreüer freünd.« Wilhelmine war sich der Besonderheit dieses Beieinanders bewusst, ja stolz darauf, »dass unter tausend Geliebten der Fürsten, welche die Geschichte aufweist, vielleicht nicht Eine ist, die sich mit mir vergleichen lässt. Sie können mich an Reizen des Körpers, an Vorzügen des Geistes bei weitem übertroffen haben: aber ihr Geist war nicht durch den Geliebten selbst gebildet.«

Und dieser gab sich redlich Mühe. In Landeskunde und Geschichte schritt er vom Nahen zum Fernen, von Brandenburg und Preußen über die deutschen Staaten nach Rom und Hellas, sie lernte die jüdische Geschichte kennen und wie Kolumbus Amerika entdeckte. Sie steckten ihre Köpfe zusammen und lasen Homer und Vergil auf Französisch, Shakespeare in Wielands ersten Übersetzungen, Voltaire und Rousseau im Original. Besonders dessen Bestseller *Julie, Ou La Nouvelle Heloïse* tat es ihr an, die Liebesbeziehung eines bürgerlichen Hoflehrers mit seiner adligen Schülerin. Das Revolutionäre an Rousseau nahm Wilhelmines Lehrer hin, seine Forderung nach natürlichem, ungekünsteltem Verhalten machte er sich sogar zu eigen. Seine Elevin lehrte er, wie unschicklich Politik für Frauen sei und wie schmutzig erotische Lektüre. Voltaires Satire *La Pucelle d'Orléans* über die lüsterne Jungfrau von Orléans war tabu. Im Rückblick sah sie, »wie durch diese fortgesetzte Mittheilung von Gedanken und Empfindungen zwischen dem Kronprinzen und mir – gleichsam durch diese Stimmung der Seelen auf einen Ton – ein ungleich edleres Band entstehen mußte, als je das Physische knüpfen kann.«

Als ihre inzwischen geschiedene, aber von ihrem polnischen Grafen weiterhin gut alimentierte Schwester Ende der Sechzigerjahre für ein halbes Jahr nach Paris ging, bot sich an, sie zu begleiten. Friedrich Wilhelm unterstützte die Sprachreise. Er gab Wilhelmine Empfehlungen mit und engagierte in Paris einen Tanzlehrer. Kaum aber war sie fort, sehnte er sich nach ihr. Wie sehr, beweist ein korrigierter freudscher Patzer in einem Brief an sie. Er habe, schrieb er, mit ihrer Mutter spazieren zu fahren abgelehnt, »den[n] wen[n] man mit ein hübsches junges und scharmantes metchen [nämlich Wilhelmine] gefahren hat so ist nichts in der welt eklicher als mit einem alten weibe zu ~~schlafen~~ (sic) fahren.« Als Wilhelmine zurückkehrte, hatte sie nach dem Gesetz das heiratsfähige Alter erreicht. Am 27. Januar 1770, auch das verrät ein Brief, hatten sie »zum erstenmahle« sexuellen Kontakt, was ihn zum »besitzer [...] von das scharmanteste und von das liebens würdigste metchen von der gantzen welt« machte. Er ließ das Datum in zwei Ringe gravieren und sie versicherten mit ihrem Blut als Tinte, sich nie-

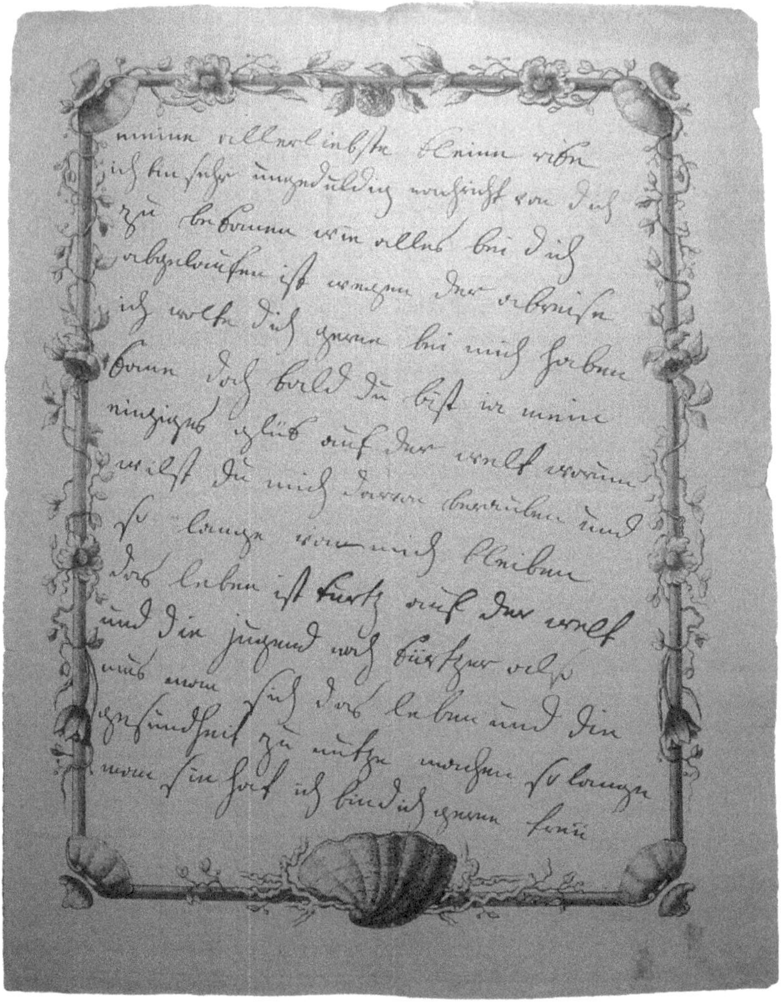

Brief Friedrich Wilhelms II. an Wilhelmine, vermutlich Ende 1769:

meine allerliebste kleine rike ich bin sehr ungeduldig nachricht von dich zu bekomen wie alles bei dich abgelaufen ist wegen der abreise [aus Paris] ich wollte dich gerne bei mich haben komm doch bald du bist mir mein einziges glück auf der welt warum willst du mich davon berauben und so lange von mich bleiben das leben ist kurtz auf der welt und die jugend noch kürtzer also mus man sich das leben und die gesundheit zu nutze machen so lange man sie hat mals zu verlassen. Friedrich Wilhelm schenkte der Geliebten sein kleines Bauerngut Falkenhagen (heute Ortsteil von Falkensee bei Spandau). Dort in der Försterei ihres Bruders Johann Gotthold, ihrem Logis, empfing sie heimlich ihren Geliebten.

Im Jahre 1770 wurde Friedrich Wilhelm zweimal Vater. Zum einen nur kurz von Wilhelmine (ihr Kind starb gleich nach der Geburt), zum anderen, historisch bedeutsamer, wurde er Vater eines Sohnes. Was seiner ersten Gattin Elisabeth Christine Ulrike von Braunschweig-Wolfenbüttel versagt war (sie gebar nur ein Mädchen), brachte nach der Scheidung seine zweite Gemahlin Friederike Luise von Hessen-Darmstadt zuwege: einen Thronfolger, Friedrich Wilhelm (III.). Beide Frauen, die ihm sein Onkel Friedrich II. aufgezwungen hatte, waren Friedrich Wilhelm menschlich egal und ihre Kinder ebenso. Für ihn zählte Wilhelmine Encke. Sie gebar ihm noch weitere fünf Kinder, von denen nur zwei das Erwachsenenalter erreichten. Aus ihrer Ehe mit Johann Friedrich Ritz, auf Friedrich Wilhelms Wunsch 1782 geschlossen und 1796 geschieden, aber widerwillig vollzogen, gingen ebenfalls Kinder hervor. Dass ihr Geliebter, ein aus ihrer Sicht »zur Liebe geneigtes Temperament«, als König starke Zuneigung zu zwei Mätressen empfand, ertrug sie mit Würde. Sie blieb seine Vertraute, erduldete seine morganatischen »Zweitehen« mit ihnen (seine Ehefrau war ins Schloss Monbijou abgeschoben) und tröstete ihn über den Tod der ersten Zweitfrau, der gerade 22-jährigen Julie von Voß, hinweg. Die Liaison mit der zweiten Mätresse, Sophie von Dönhoff, erledigte sich von selbst. Die Demokratin trat zu selbstbewusst auf. Er schickte sie in die Schweiz.

Nach Jahren des Ärgers über die Amouren des Neffen akzeptierte sein Onkel, der alte König, 1777 sein Verhältnis zu Wilhelmine Encke. Friedrich II. vermachte ihr eine üppige Dotation, die zu einem Drittel in den Kauf eines Landhauses (heute etwa: Charlottenburger Ufer 15-17) mit großem Wassergrundstück (heute: Luisenplatz, Spree, Wintersteinstraße, Brauhofstraße, Otto-Suhr-Allee) floss. Wilhelmine ließ das Haus am Fluss abreißen, ein Palais erbauen, richtete es ein und gestaltete den Park (der ab 1902 mit Wohnhäusern überbaut wurde). Die Sommer verbrachte sie meist dort, die kälteren Monate ab 1778 in dem ihrer Schwester gehörenden Berliner Haus Mohrenstraße 10. Ihre Kinder hatte sie um sich, wenn sie nicht gerade bei ihren Eltern oder bei Friedrich Wilhelm waren. Er betonte, wie daheim er sich in der Mohrenstraße fühlte. Hier, bei seiner früheren Schülerin, nun eine äußerst attraktive Frau, Gefährtin und Mutter seiner Kinder, genoss der Absolutist ein bürgerliches Familienleben. Wilhelmine kaufte das Haus Renate 1787 ab. Ein Jahr später finanzierte ihr Friedrich Wilhelm, König geworden, den Erwerb eines Palais Unter den Linden 36 (heute: 11), das sie 1792 bis 1794 repräsentativ vergrößern ließ. Wichtig war ihr auch ein Theatersaal. Wilhelmines letztes Bauprojekt, das romantischste, war das Schlösschen auf der Pfaueninsel, 1794 begonnen, 1795 fertiggestellt. Hierhin in »eine von der Zivilisation noch unberührte exotische Welt« (so der Kunsthistoriker Helmut Börsch-Supan), wollte sie mit ihrem königlichen Freund fliehen können, der sie zu guter Letzt 1796 zur Gräfin von Lichtenau erhob.

Es kam anders. Friedrich Wilhelm II. starb am 16. November 1797. Jahrelang hatten ihn Bauchwassersucht, Gicht und Krämpfe gequält. Seine letzten Wochen verbrachte er im Marmorpalais bei Potsdam. Allein Wilhelmines Anwesenheit erfreute ihn noch. Sie war täglich um ihn und, sofort wenn es Christian Gottlieb Selle, der Leibarzt, zuließ, an seinem Bett. Am Morgen nach der Todesnacht ließ sein Sohn Friedrich Wilhelm III. die gehasste Frau festnehmen. Ihren Lebensgefährten noch einmal zu sehen, seinen letzten Weg mitzugehen, verwehrte er ihr. Wilhelmine, die Mätresse, die Hochverräterin, die angeblich den Staat ausgesaugt hatte, verbrachte ihre Haft anfangs im Kavaliershaus neben dem Marmorpalais. Die gräfliche Musikantentochter wurde Zielscheibe des Spotts. Karikaturen und Witzblätter verkauften sich gut. Dreierlei hielt man ihr vor: Vergeudung von Geldern, Amtserschleichung und den Verrat von Staatsgeheimnissen. »Alle Bemühungen« einer hochkarätig besetzten fünfköpfigen Enquete »sind aber ganz fruchtloß geblieben«: De jure war alles im Reinen. Wie moralisch Wilhelmines Wandel gewesen war, darüber maßten sich die Herren kein Urteil an, doch Gold, Geld und Güter besaß sie zurecht. Der junge König entschied im März 1798 konträr. Die Gräfin habe das Vertrauen seines Vaters

»auf die schändlichste Weise zu missbrauchen sich erfrecht«. Er enteignete sie und befahl Festungshaft in Glogau. Zwei Jahre blieb sie dort, dann wurde ihr Flehen erhört. Sie kam frei, zog nach Breslau und heiratete den Dramatiker Ignaz von Holbein, der sich nach vier Jahren einer jungen Aktrice wegen scheiden ließ. Im Jahre 1809 bereute Friedrich Wilhelm III. seine harte Haltung von vor neun Jahren (»Ich habe die Sache übers Knie gebrochen.«) und restituierte der Gräfin Teile ihres Besitzes. Umgehend kehrte sie zurück in ihr Palais Unter den Linden. Still lebte und starb sie dort. Zwei Tage lang blieb sie aufgebahrt, den Mitbürgerinnen und -bürgern offen zum Besuch. Das Interesse war immens.

Rahel Levin (1771-1833), Tochter eines Berliner Bankiers, fällt durch Geist und Klugheit auf, aber nicht durch Schönheit. Sie ist eine gute Unterhalterin und bringt Menschen zusammen. Ihre Gesellschaft ist begehrt. In ihrem berühmten Salon trifft sich jahrelang regelmäßig ein Kreis bekannter Geistesgrößen. Liebhaber sind nicht darunter. Sie sucht sie auch nicht. Rahel führt das konventionelle Leben einer Frau des Biedermeiers. Erst spät heiratet sie den Diplomaten und Literaten Karl August Varnhagen. Es wird eine glückliche Ehe.

Pauline Wiesel (1778-1848), Tochter eines Berliner Bankiers, fällt durch ihre Schönheit auf. Sie ist nicht sonderlich gebildet, aber ihre extravagante Umgangsart ist begehrt. Rahel, die sie ihre beste Freundin nennt, führt sie auch in ihren Salon ein. Obwohl elf Jahre verheiratet, hat Pauline mannigfach Liebschaften bis hinauf zum Prinzen Louis Ferdinand. Er fällt jung im Krieg. Sie treibt es 1808 nach Paris, in die Schweiz und zurück. In Paris heiratet sie noch einmal. Zu Rahel nach Berlin reist sie ein letztes Mal kurz vor deren Tod. Sie ist schockiert.

Rahel und Pauline lernen sich 1794 im mondänen Bad von Freienwalde kennen und entwickeln, so unterschiedlich ihre Lebensauffassungen auch sind, eine dauernde Freundschaft.

»**ICH GLAUBE, DASS ICH NICHT LEBE**, um zu gehorchen oder um mich zu zerstreuen, sondern um zu seyn und zu werden; und ich glaube an die Macht des Willens und der Bildung, mich dem Unendlichen wieder zu nähern, mich aus den Fesseln der Mißbildung zu erlösen, und mich von den Schranken des Geschlechts unabhängig zu machen.« Fragment einer *Idee zu einem Katechismus der Vernunft für edle Frauen* aus der Feder des Berliner Pfarrers und Aufklärers Friedrich Schleiermacher. Vermutlich las Rahel Levin dieses Credo in der Zeitschrift *Athenaeum* 1798. Gehandelt hat sie jedenfalls danach.

Das vierte Gebot jenes Katechismus sollte lauten: »Merke auf den Sabbath deines Herzens, daß du ihn feyerst, und wenn sie dich halten, so mache dich frey oder gehe zu Grunde.« Vermutlich kannte weder Pauline César noch Pauline Wiesel noch Pauline Vincent diesen Satz. Gehandelt hat sie danach.

Zwei Frauen, Rahel und Pauline, »Ralle« und »Pölle«, wie sie sich riefen, in gegenseitiger Zuneigung trotz aller Verschiedenheit. Rahel strich diese Besonderheit im achten Jahr ihrer Freundschaft im März 1811 heraus: »Theuere geliebte Freundin, und Freund! Weh! – mein wundes Herz weint dieses Weh! – Weh! daß unser Leben wegrinnt ohne daß wir zusammen leben. [...] es ist nur ein Unterschied zwischen uns, Sie leben alles; weil Sie Muth haben, und Glük hatten; ich denke mir das meiste; weil ich kein Glük hatte, und keinen Muth bekam.« Aufmunternd Paulines Antwort: »Ja Geliebte Ralle wir sind für Einander geschaffen nichts in der Weld ist uns Fremd, Wir lieben uns und müssen getrennt Leben, hören Sie Ralle, Wenn man würcklich ernsthaft Etwaß Will wenn man Sich nicht Leicht von denn Tausendt hinternissen läßt abwähren und Vorzügklich von gewöhnliche Vorurtheille So kann man viel rasend durgsätzen.«

Klar erkennbar: Ein Diskurs diskrepanter Naturen. Erstaunlich: Die Ähnlichkeit ihrer familiären Hintergründe. Die Väter waren Bankiers, die Levins wohnten in der Spandauer Ecke Königstraße (heute Rathausstraße), die Césars Unter den Linden 34 (heute 15) gegenüber dem Zeughaus. Die Eltern waren bei ihrer Geburt nach damaligem Maßstab alt, Rahel Levin war das späte erste von fünf, Pauline César das zwölfte von sechzehn Kindern. Keine der Familien nahm es mit der angestammten Religion sonderlich genau. Die jüdischen Levins gaben sich um 1790 den christlichen Namen Robert-Tornow und erlangten 1812 preußische Staatsbürgerschaft. Paulines katholischer Vater Carl Philipp César fand nichts dabei, sie – die Mutter Sophie Elisabeth war Hugenottin – nach reformiertem Ritus taufen zu lassen. Die Haustüren in der Spandauer Straße (nach dem Umzug 1793 bis 1808 in der Jägerstraße 54) und Unter den Linden standen Gästen stets offen.

An Bildung – hier unterscheiden sich die Frauen – ertrug Pauline das für eine Tochter aus gutem Hause Übliche in Geduld: Französisch, Tanzen, Reiten, Klavierstunden. Rahel dagegen erhielt, anders als ihre Brüder, so gut wie keinen Unterricht; mit Fleiß erwarb sie ihre späterhin gerühmten Kenntnisse selbst. Der zweite große Unterschied betraf ihr Äußeres. Rahel litt unter ihrem immer. Sie war klein, kränkelnd und korpulent. Soweit bekannt, hat sich jedoch niemand, mit dem sie verkehrte, darüber mokiert. Man schätzte in ihr den Menschen, der Menschen sammeln und in Kontakt bringen konnte. »Sie kam, *sprach* und siegte«, so das Bonmot des schwedischen Gesandten Karl Gustav Brinckmann, einem der ersten Gäste ihres bekannten Salons. Rahel selbst war es, die 1811 an sich bemängelte, sie habe keine Grazie, auch keine innere, und damit zugleich verriet, wie wenig sie der Grazie ihres Geistes traute, auch ihrer Zugewandtheit, ihrer Wahrheitsliebe und ihrem Witz im persönlichen Umgang. Selbstbewusstsein freilich strahlt anders. Ihr »Lebensliebling« Pauline barst davon. Ihr Erscheinen in einer Gesellschaft, zum Beispiel in Rahels Salon, magnetisierte. Für Moses Mendelssohns Tochter Henriette war sie »die Zierde, der Stolz unserer Königsstadt«, der weitgereiste Alexander von Humboldt gestand, er »ginge zwölf Stunden zu Fuß, um sie zu sehen,« und sein Bruder Wilhelm sah in ihr die niedliche Philine aus Goethes *Wilhelm Meister* (»Jeder Tag hat seine Plage, und die Nacht hat ihre Lust«). Die junge Pauline bezauberte nicht durch Geist und Gemüt, sondern schlicht durch Schönheit und eine – wörtlich – unfassbar schwebende Daseinsfreude. »Luftschifferin des Lebens« betitelte sie Brinckmann 1804, so entflammt von ihr wie jeder in ihrer Nähe, bis hinauf zu Prinz Louis Ferdinand, dem »preußischen Apoll«. Mitte September 1806, seine andere Geliebte war gerade wieder von ihm schwanger, lud er Pauline, sein »himmlisches Wesen«, nach Dresden ein, um mit ihr vier Tage zu verleben. Er starb Tage darauf als einer der ersten Verteidiger seines Landes unter dem Säbel eines französischen Husaren.

Im Rückblick von zehn Jahren überkam Rahel in einem Brief an Pauline Nostalgie: »Wo ist unsere Zeit! Wo wir alle zusammen waren. Sie ist anno 6 untergegangen. Untergegangen wie ein Schiff: mit den schönsten Lebensgütern, den schönsten Lebensgenuß enthaltend. Und viele theure belebende Freunde mit.« Lange zusammen waren Rahel und Pauline nur damals gewesen. Sie sahen sich zum ersten Mal im Sommer 1794 in Freienwalde, dem royalen Bad an der Oder. In Paris lernten sie sich kennen um die Jahreswende 1800/1801. Rahel verwand dort eine aufgelöste Verlobung, Pauline tummelte sich frisch vermählt. Mit ihrem Gatten, Kriegsrat Wilhelm Wiesel, verband sie eine Gemeinsamkeit: Beide hielten nichts von Treue. So berichtete Pauline ihrer neuen Freundin frei von all den Anbetern um sie herum (einige, liest man in anderer Korrespondenz, blieben ihrem Mann wohlweislich unbekannt). Mancher Verehrer hätte sich auch nach ihr, Rahel, erkundigt. Sie und ihre Gesellschafterin aber waren schon abgereist.

Regen Kontakt pflegten die zwei Frauen in Berlin. Rahel lud Pauline in ihren Salon, zu sich zum Tee, sie unternahmen Ausflüge nach Charlottenburg, lasen Schiller und besonders Goethe, Rahels Lieblingsautor, sie besorgte Theaterkarten, aber zu Pauline ging sie selten. Diese hingegen nahm, wenn sie sich mit ihrer »lieben Kleinen« verabredete, Rücksicht auf deren fragile Gesundheit. Auch die chronischen Leiden ihrer Tochter Pauline, von einem russischen Liebhaber, bereiteten ihr Sorgen. Ihre Erstgeborene war 1800 nicht älter als elf Tage geworden; Rahel hatte keine Kinder.

Immer wieder versicherten sich die Freundinnen ihrer Zuneigung, doch verwahrte sich Pauline auch gegen Rahels Gouvernantenton, so im Oktober 1804: Sie »nennen mich die Ungezogene Pauline! Wie Leben Sie denn? Im Schosse der Familie [bei der Mutter] im Schosse des Friedens«. Von ihren Liaisons mit französischen Besatzungssoldaten erzählten sie einander, Pauline gab ihr sogar amouröse Briefe eines »Infamen« zu lesen und bat um »Eine Antwort die deutlich ist«. Rahel bewunderte Paulines Lebenslust und Ungezwungenheit, die ihr abgingen, ihr Freisinn genierte sie aber auch und auf Dauer nicht nur sie. Zunehmend ging die Berliner Gesellschaft auf Distanz, auch Rahel. »Waß habe ich gethan?« fragte Pauline verzweifelt. »können sie es mich denn verzeihen?« Trost blieb aus. Pauline litt unter der ihr unerklärlichen Isolation. Nur weg! Sie ließ sich von Wilhelm Wiesel scheiden und verließ Berlin am 19. August 1808 mit ihrer kleinen Tochter und ihrem aktuellen französischen Liebhaber. Ihre Sehnsucht: »Es gieb nichts grünes mehr in der Weld Als die Schweiz«. Paris passte am Ende besser.

Rahel löste sich im selben Jahr von ihrer Mutter und begründete in der Charlottenstraße erstmals – 37-jährig! – einen eigenen Hausstand, unterstützt von ihrem Bruder Markus. Ihren Salon führte sie schon seit zwei Jahren nicht mehr. Und ein Drittes, Entscheidendes geschah im Mai 1808. Couragiert wagte sich Unter den Linden ein wesentlich jüngerer Mann an sie heran, den zuvor mehrfach der Mut verlassen hatte. Bis September 1814 zögerte Rahel, ehe sie sich taufen und trauen ließ. Es wurde eine glückliche Ehe. Sie hieß nun Varnhagen und war Frau eines Diplomaten. Gleich 1815 brachte Karl August Varnhagen von einer Dienstreise nach Paris Pauline mit nach Frankfurt, wo Rahel auf ihn wartete. Er war der Schönen bei Friedrich Gentz begegnet, einem Kollegen und langjährigen Freund der beiden Frauen. Pauline war nach Jahren in der Schweiz und Italien an die Seine zurückgekehrt. Karl August mochte sie nicht, verbarg seine Antipathie aber. Die Freundinnen verbrachten einen munteren Monat am Main. Dann fuhr Pauline in die Schweiz, um ihr Kind bei einem Arzt von einer erfolglos verlaufenen Kur abzuholen. Das Mädchen starb im August 1818 qualvoll.

Pauline und Rahel trafen sich, jeweils für Monate, in Karlsruhe und Baden-Baden. Ein letztes Mal, von Mai bis September 1832, besuchte Pauline Rahel in ihrer großen Berliner Wohnung in der

Mauerstraße (einst Ort ihres zweiten Salons). Bei aller Vorfreude verlief der Besuch enttäuschend. Pauline hatte ihn sich lebendiger vorgestellt und war oft missgelaunt. Rahels Gesundheitszustand erschreckte sie, die Stille, die sie umgab, die wenigen Gesellschaften. Nur zu häufig musste Rahel das Bett hüten, in dem sie ein Jahr später starb. Pauline war seit 1828 wieder verheiratet, mit einem gleichaltrigen reichen Pariser Gardeoffizier, den die Fünfzigjährige seiner Verlobten ausgespannt hatte. Dessen zwei Töchter leisteten nach dem Tod des Vaters (1846) Pauline in St. Germain-en-Laye Gesellschaft. Dann starb auch sie. Ihre Bestatterin soll behauptet haben, ein schönerer weiblicher Körper sei ihr noch nicht untergekommen.

Was blieb von der erstaunlichen Freundschaft dieser erstaunlichen Frauen? Es blieb bemerkenswert viel und regt bis in die Gegenwart Autoren, ja sogar einen Komponisten (Roland Moser: *Rahel und Pauline. Musiktheater (Briefszenen)*, 2007) zum Nachsinnen an: ein umfangreicher, nicht kontinuierlich, aber sehr privat geführter Briefwechsel. Besonders Pauline hielt ihn aufrecht, verklärte die Berliner Tage und träumte davon, mit Rahel zusammenzuleben. Ebenso positiv äußerte sich Rahel am 5. Februar 1831: »Sind wir nicht ausgesucht glüklich Pölle? Uns gefunden zu haben; noch zu leben, Zimlich Geld; und so frey, uns zu sehen; und uns zu lieben: ohne affectation; Mit Gottes Wahrheit: und Sie einen Mann der Sie nicht gênirt: ich einen der dies goûtirt: und erfreut ist wenn ich Sie sehe. O! wie seh ich das ein! – in meinen kränksten Nächten: und dann bin ich doch glüklich. Gott laße uns die Ruhe Freudigkeit und Einsicht: ich lebe darin wie in balsamierter Luft! Nur von uns kommt die Möglichkeit des Glükes nämlich, das einzusehen was wir haben: das zu wählen was naturgemäß ist.« Pastor Schleiermacher hätte seine Freude gehabt beim Lesen dieser Zeilen.

Die Briefe gingen nicht verloren. Sie fanden sich 1977 in der Krakauer Biblioteka Jagiellońska, wohin sie die Preußische Staatsbibliothek 1941 ausgelagert hatte. Eine Arbeitsgruppe schaffte es, nach dreizehnjähriger Tätigkeit 1997 im Rahmen einer *Edition Rahel Levin Varnhagen* 256 Schriftstücke zu publizieren – und handelte damit wider Rahels Willen. Denn sie hatte ihrem angehenden Witwer, der ähnliches vorhatte, untersagt, Paulines Briefe je zu veröffentlichen und Pauline sandte ihm Rahels Schreiben, die sie selbstverständlich auch aufbewahrt hatte, nolens volens erst, als sie Geld brauchte. Die Briefe gehören keineswegs zur hohen Literatur, doch bezeugen sie die tiefe Freundschaft zweier äußerst widersprüchlicher Charaktere. Sie zeigen Pauline als eine Frau, die sich in Kollision mit den Konventionen ihrer Zeit selbstbestimmt und emanzipativ im Sinne Schleiermachers auf einem modern anmutenden Lebensweg vorwärtstastete, einem Pfad, der auch noch zweihundert Jahre später recht stolprig sein kann.

EINE UNERWIDERTE LIEBE

Henriette Herz (1764-1847), geborene de Lemos, hat Wurzeln in Portugal, von wo ein Urgroßvater vor jüdischer Verfolgung floh. Selbst Tochter eines Arztes, heiratet sie 15-jährig Marcus Herz, Leiter des Jüdischen Krankenhauses in Berlin. Henriette, eine attraktive Erscheinung, ist gesellschaftlich sehr regsam. Ihren »Tugendbund« besuchen Freundinnen ohne Ansehen ihres Standes, ihren Salon die geistige Elite der Stadt und deren Besucher. Früh verwitwet (1803), pflegt sie ihre weitgefächerten Freundschaften bis ins hohe Alter. 1817 lässt sie sich evangelisch taufen.

Ludwig Börne (1786-1837) wächst in Frankfurt am Main als Juda Löw Baruch auf. Der Schriftsteller zählt literarisch und politisch zum Vormärz. Der Vater will, dass er Mediziner wird. Ins Fach einführen soll ihn der Arzt Marcus Herz in Berlin. Löw ist mehr an dessen Frau Henriette interessiert. Mangels Fleißes scheitert er an diversen Universitäten, promoviert aber – dank Konnexion – in Gießen zum »Dr. phil.«. Er hat Talent zum Schreiben. Ludwig Börnes politische Feuilletons werden viel gelesen. 1818 lässt er sich evangelisch taufen. Die Julirevolution 1830 erlebt er in Paris, wo er auch stirbt.

Anfang November 1802 nimmt Henriette den einundzwanzig Jahre jüngren, pubertierenden Löw als Schüler ihres Mannes auf. Er bleibt etwa acht Monate.

HENRIETTES ERSTER BIOGRAF Joseph Fürst kannte die Gastgeberin noch persönlich. Aus eigenem Erleben wusste er, wie sehr ihr Äußeres »ein mächtiges erstes Anziehungsmittel für viele der bedeutendsten Männer war, welche durch ihre inneren Eigenschaften später für das Leben an sie gefesselt wurden.« Fiel beim ersten Blick ihre Größe auf, »so bot bei einem näheren ihr Kopf das der zugleich reinsten und mildesten weiblichen Schönheit.« Schon die junge Henriette merkte, wie schön sie war. »Hatten sich schon in Halle die Studenten haufenweise meinem Fenster gegenüber versammelt, so konnte es mir nicht minder verborgen bleiben, daß ich in Leipzig große Aufmerksamkeit erregte, ja dienstfertige Seelenverderber sagten mir später, man sei des Morgens eigens nach Auerbachs Hof gegangen, um mich zu sehn, weil ich dann gewöhnlich dort zu finden war.« Eitel zu sein, gestand sie selbst, aber ihr bescheidenes Auftreten, ihren Esprit, die sich damit paarten, wertschätzten andere. Zum Beispiel ihr enger Vertrauter Friedrich Schleiermacher. Was den kleinen, leicht buckligen Professor und beliebten Pastor mit dem »Satyrgesicht« (Börne) ein Leben lang zu ihr hinzog, waren bestimmt auch das (nach Fürsts Worten) anmutige Lächeln und die »in mildem Feuer leuchtenden Augen«. Doch wären die Zwei – zuzeiten täglich – miteinander spazieren gegangen, wenn ihre Gespräche sie angeödet hätten? Nein, was Intellekt und Bildung anging, auch da fiel Henriette Herz aus dem Rahmen.

Ihren Eltern, bedauerte sie, hätte die Muße gefehlt, ihr etwas beizubringen. Also schickten sie sie zur Schule. Sie tanzte anmutig, konnte spannend vorlesen, war geschickt im Nähen, aber wenig religiös, jedoch musikalisch (ohne Lust zum Musizieren), hatte ein gutes Gedächtnis und Spaß an Sprachen. Später beherrschte sie Französisch, Italienisch und Englisch fließend, auch auf Spanisch, Schwedisch, Hebräisch und Latein konnte sie sich mitteilen und irgendwann waren ihr vierzehn Sprachen geläufig, Sanskrit inbe-

Gäste des literarischen Salons von Henriette Herz. Zeichnung von J. G. Schadow, etwa 1800, am Klavier Abraham Mendelssohn

griffen. So gewann sie Weltgewandtheit und Wissen aus dem, was sie – im Original! – las, was ihr der siebzehn Jahre ältere Ehemann Marcus Herz, Lieblingsstudent Immanuel Kants, lehrte und was sie in den Gesprächen mit seinen Gästen aufschnappte. Denen wurde die Frau des Philosophieprofessors mit der Zeit so wichtig, dass sich neben dem Studienkreis des Mannes eine Gesprächsrunde der Frau etablierte, der bekannte Salon. Wem nach gehobener Konversation war, wer mit großem Namen sich gerade in Berlin aufhielt, konnte auf Henriettes Einladung hoffen. Schleiermacher und die Gebrüder von Humboldt waren Stammgäste und blieben feste Freunde bis über das Ende ihres Salons (1803) hinaus.

Ihre Ehe mit Marcus Herz, als Arzt und Philosoph eine Koryphäe, betrachtete Henriette differenziert. »So unendlich gut mein Mann gegen mich war, so liebend er sich die Bildung meines Geistes angelegen sein ließ, so vertrauensvoll er mir alle Freiheit gewährte, die mir das Leben verschönen konnte, eine Liebe, wie ich sie im Herzen trug, kannte er nicht, ja, wenn ich sie äußerte, wies er sie gleich einer Kinderei zurück.« – »Die Ehe bildete für meinen Mann nicht einen Mittelpunkt seines Seins, und nächstdem war die unsere nicht mit Kindern gesegnet.«

Da betrat, am 8. November 1802 war's, mit Sack und Pack ein junger Bursche die Schwelle des Hauses Herz in der Neuen Friedrichstraße 22 an der Stelle des heutigen Zugangs zum Fernsehturm. Sechzehn Jahre zählte er, Löw war sein Rufname, Louis wollte er gerufen werden. Älter geworden, hatte er den Ruf eines Jungdeutschen.

Wer kennt sie noch, diese unbequemen »jungen Deutschen« namens Karl Gutzkow oder Heinrich Laube? Heinrich Heines traurige *Loreley* mag manchem noch was bedeuten, aber Ludwig Wienbargs *Aesthetische Feldzüge. Dem jungen Deutschland gewidmet*?

Vielfach vergessen sind diese frühen Demokraten, die mit gespitzter Schreibfeder gegen Fürstenwillkür für Recht und Freiheit zu Felde zogen. Löw Baruch (»Ludwig Börne«) war einer von ihnen. Bereits als Knabe fiel seine Widerspenstigkeit auf. Von schwacher Konstitution, hatte er es mit vier Geschwistern zu tun und den Rangen in der Judengasse, mit seiner Mutter und – im Streit um volle Teller – der herrischen Hausköchin. »Nichtsnutz« nannte sie ihn. Sein Vater, ein Bankier, wollte, dass er an der Universität Medizin studiert, die einzige Fachrichtung, die Juden offenstand. Er engagierte Privatlehrer, die mit Löw jedoch ihre Mühe hatten. Etwas Schliff erhielt er erst auf einem Gießener Internat. Schließlich bat Löws Vater seinen Glaubensbruder, den berühmten Marcus Herz in Berlin um Logis und Unterricht für seinen Sohn. Von Herz kam ein Ja, und der Junge musste sich auf die Reise begeben.

Auf den Hausherrn – noch ein Lehrer – war Löw gefasst, auf die Hausfrau gespannt. Sie machte ihn sprachlos. »Welche Augen! Welch ein holdes Lächeln. Welche Freundlichkeit umfließt den Mund! – Ich habe keine Worte«, schwärmte der Sechzehnjährige gleich in der zweiten Nacht »um elf Uhr« in seinem Tagebuch. »O, daß es mir gelänge, die Zufriedenheit und den Beyfall dieser liebenswürdigen Frau zu erlangen. – Ich will alles thun, was ihr gefallen muß: alles was gut ist und schön.« Ein hehrer Vorsatz, ohne Zweifel, aber konnte er ihn erfüllen? Henriette Herz hatte den jungen Gast gut im Auge. Fleißiges Lernen hätte ihr gefallen, doch »gab er zu verstehen, daß er seine Trägheit und Gleichgültigkeit in dieser Beziehung nicht überwinden könne.« An witzigen Aperçus hatte sie Freude und Louis überraschte damit, wenn auch selten.

»Nächstdem sah er viel zu klug aus, um beschränkt sein zu können. Kurz, [...] er war mir interessant.« Rege Teilnahme an ihrem Salon hätte sie gemocht, doch die Chance sich »durch den Umgang mit bedeutenden Menschen zu bilden, welche unser Haus ihm in reichem Maße bot, benutzte er nicht. [...] Ihr freundliches Entgegenkommen, sogar ihre bloße Nähe schien oft ihm drückend zu sein.« Der Junge kauerte meist in der Ecke und beobachtete die angeregte Gesellschaft. War es der verständliche Respekt des Jungen vor den Berühmtheiten oder war es pubertäre Eifersucht auf die Männer, mit denen Henriette scherzte und diskutierte? Als er »Madam Herz fragte, wer der [damals in Pommern lebende] Schleiermacher sei, von dem sie so oft sprächen, und sie mir antwortete: ›Ein sehr guter Freund von mir‹, kam ich in einiger Verlegenheit [... und wusste] nicht, was ich denken soll.«

Dann der 19. Januar 1803. Gut zwei Monate hatte Louis im Haus des Ehepaares geweilt, da starb, zwei Tage nach seinem 56. Geburtstag, Marcus Herz an einem Lungenleiden, das zu kurieren sein Können nicht gereicht hatte. Henriette verbarg ihre Trauer. Louis zeigte sich bestürzt. Der Lehrer war tot, »alle meine Freuden sind hin. Ich muß Madam Herz verlassen und das schönste Glück.« Schnell aber folgte auf Entsetzen Euphorie. »Sie will mich behalten,« jubelt er am Ende dieses einschneidenden Tages, »ich soll nicht weg von ihr. Hört Ihr's, Ihr Menschen?« Dann bricht im Tagebuch Poesie durch: »Ich kann es nicht fassen, dies unverhoffte, herrliche Glück. Sie gewährt mir gerne, mich ferner an ihren Augen zu sonnen.«

Bei all dieser Vorfreude: Eine quälende Zeit lag vor ihm, und vor ihr eine strapaziöse. War der Ehemann tot, so meinte der Jüngling, sei es an der Zeit, der angebeteten Witwe seine Zuneigung zu gestehen. Und sie? Wie pädagogisch, wie streng musste sie sich verhalten? Welche Avancen konnte die Frau gestatten, wo waren Grenzen zu ziehen? Über seine Gefühle zu sprechen, schaffte Louis anfangs nicht. Er behalf sich mit Liebesbriefen, die ihr zu geben er meist gar nicht wagte. »Unmöglich kann Ihnen meine heiße Liebe entgangen sein«, schreibt er am 28. Februar, »sie leuchtete stets aus meinen Augen, sie sprach aus jedem Wort heraus.« Henriette blieb freundlich, aufmerksam und seine Lateinlehrerin, doch von Gegenliebe kein Wort. Louis' klagte ihr seinen Liebeskummer in Permanenz und sie erwiderte: »Müßen Sie mir denn ewig von dieser unseligen Leidenschaft sprechen. Ich darf es eigentlich gar nicht anhören.« Schließlich, am 19. März, schrieb Henriette dem Vater, der Sohn sollte Berlin besser verlassen. In Halle kenne sie einen Arzt, der ihn aufnehmen könne. Sie teilte es Louis mit, und der sah nur einen Ausweg: Arsen schlucken. Das Dienstmädchen, das er schon am folgenden Tag zum Apotheker schickte, brachte den Bestellzettel Henriette. Sie war alarmiert, aber auch genervt: »Ich kann Ihre Liebe zu nichts gebrauchen.« Brüsker lässt sich eine Abfuhr kaum erteilen. Aber er hing an ihr: »Ich wünschte nicht daß mich H. so liebt wie ich sie, ich könnte das Glück nicht ertragen«, trug er am 19. April in sein Tagebuch ein. Endlich kam aus Halle eine Zusage. Auch studieren könne Löw dort. Der Vater erteilte Befehl umzuziehen. Am 9. Juli 1803 reiste er ab.

Henriette mag aufgeatmet, sich aber auch Vorwürfe gemacht haben. Das Ausmaß der Liebesverwirrung ihres Zöglings wurde ihr erst deutlich aus seinem Tagebuch, das er ihr zum Abschied schenkte, und den Briefen, die er ihr geschrieben hatte, aber jetzt erst gab. »Es sprach eine Leidenschaft aus ihnen, die mir allerdings als eine wahnsinnige erscheinen mußte, die mich aber den Entschluß segnen ließ, ihn aus meiner Nähe entfernt zu haben.« Beide blieben brieflich verbunden und Börne besuchte sie im November 1806. Er sah, wie sich Henriettes Leben bereits geändert hatte. Die Witwenpension, ohnehin mager, war fortgefallen. Einen großen Salon zu führen, fehlten die Mittel, später auch Raum in der kleinen Wohnung in der Markgrafenstraße 59 (heute: 48). Gesellig war sie nach wie vor. Sie pflegte und vergrößerte den Kreis ihrer Freunde und auf die besten war Verlass, insbesondere auf Wilhelm und Alexander von Humboldt. Täglich gab sie Kindern armer Leute Sprachunterricht und mehrmals wöchentlich Studenten Mittagessen – unentgeltlich.

Auf der Rückfahrt von einer Romreise traf Henriette 1819 Louis in Frankfurt wieder. Unter seinem neuen Namen Ludwig Börne hatte er als bissiger, spöttischer Journalist Bekanntheit erlangt. »Er war sehr bewegt, als er mich wiedersah, wenngleich er, Gott sei Dank, von seiner tollen Leidenschaft geheilt war.« Er stellte ihr seine Freundin vor, Jeannette Wohl, die starke Frau, die der unselbständige, kränkelnde Schriftsteller brauchte. Die Frauen mochten sich. Ja, als er vom 15. Februar bis 30. April 1828 in Berlin war und Jeannette von ihr berichtete, meinte sie, sie könne sich vorstellen, bei Henriette zu leben. Es kam ganz anders. Im Oktober 1832 gab Jeannette einem zwölf Jahre jüngeren Kaufmann das Jawort unter der Bedingung, dass Börne bei ihr bleibt. In dieser Dreierbeziehung lebte er bis zum Ende.

Zurück ins Jahr 1828: Börnes Verhältnis zu Henriette, die er häufig besuchte, war kühl. »Sie will nicht alt werden,« schrieb er Jeannette, »und sie wird es nicht; sie will nicht für alt gelten und sie gilt nicht dafür.« Ihr sanftes, freundliches Auftreten war unverändert, ihre Anziehungskraft auch. »Ich habe sie in zahlreicher Gesellschaft gesehen, wo viele junge Frauenzimmer waren [...] und die jungen Männer unterhielten sich mit ihr, als wäre sie ein 18jähriges Mädchen.« Bei einer Soiree staunte er, wie »eine Prinzessin zwei enge Treppen zu [... ihr], die keine tausend Gulden Einkommen hat,« hinaufstieg, »um eine Tasse Tee und ein Stückchen Wurst zu verzehren.« Am 29. April verabschiedete er sich von Henriette. »Sie reichte mir ihre Wange zum Kusse. Als ich vor fünfundzwanzig Jahren in Tränen zerfließend von ihr ging, und ich kein einziges Wort vor Rührung sprechen konnte, da war ich siebzehn Jahre alt, sie in ihrem Sommer, ich liebte sie und durfte damals nur ihre Hand küssen.« Ihr letzter Brief an ihn (9. März 1829) endete nun: »Leben Sie wohl, recht wohl und bleiben Sie mir treu.«

Ernst Theodor Wilhelm Hoffmann (1776-1822), bekannter unter den Initialen E. T. A., gilt als einer der wichtigsten deutschen Schriftsteller der Spätromantik. Gelesen bis heute werden seine fantastischen Novellen und Romane. Seine Kompositionen, Sinfonien und eine Oper, sind weithin vergessen. Im Brotberuf ist er Richter an Preußens höchster Instanz, dem Kammergericht zu Berlin. Man bescheinigt ihm eine tadellose Amtsführung. Die besteht auch in seiner Fairness gegenüber Demokraten und »Demagogen«, wie dem Verleger Andreas Reimer und »Turnvater« Jahn.

Helmina von Chézy (1783-1856) ist als Schriftstellerin des Vormärz zu ihrer Zeit bekannter als heute. Sie kann von ihren Werken leben. Als Journalistin und Korrespondentin deutscher Zeitungen arbeitet sie in Paris. Karitativ setzt sie sich 1815 in preußischen Kriegslazaretten ein, berichtet über untragbare Zustände und wird wegen Verleumdung verurteilt. Sie legt 1816 dagegen Rechtsmittel beim Kammergericht ein. Hoffmann spricht sie frei. Sie geht nach Dresden, Wien, München und Genf und verfasst vor allem Gedichte. Erblindet diktiert sie ihre Lebenserinnerungen.

Helmina von Chézy begibt sich am 26. September 1816 zu E. T. A. Hoffmann ins Kammergericht, um in ihrem Verfahren eine erste Aussage zu machen. Zu einer zweiten lädt er sie zu sich in die Wohnung.

»IL Y A DES JUGES À BERLIN.« Es gibt Richter in Berlin! Gäbe es sie nicht, wäre es um die Gerechtigkeit schlechter bestellt, auch und gerade im Streit »kleiner« Leute mit der vermeintlich allmächtigen Obrigkeit. Der berühmte Satz, den so ähnlich der Pariser Jakobiner François Andrieux 1797 in seiner gereimten Anekdote um Friedrich II. und den Müller von Sanssouci prägte, passt auch auf einen Juristen jüngerer Zeit, Ernst Theodor Wilhelm Hoffmann, bekannter unter den Initialen »E. T. A.« (»A« für »Amadeus« zu Ehren Mozarts). Ja, hätte es ihn nicht gegeben, den Richter Hoffmann, in jenem Beleidigungsverfahren des Jahres 1817 – wer weiß?

Wir kennen E. T. A. Hoffmann vor allem als Schriftsteller. Lange hielt man es mit Goethe, »die krankhaften Werke jenes leidenden Mannes« als spinnerte Fantastereien abzutun, von Jacques Offenbach und Jules Barbier musikalisch nacherzählt. Erst zeitlicher Abstand erlaubte, Hoffmanns singuläre Stellung in der Spätromantik und seine Impulse in die Weltliteratur zu bemerken. Übersehen wird dabei, dass das Multitalent die längere Spanne seiner kurzen Lebensarbeitszeit darauf verwandte, für sich und seine Frau das tägliche Brot zu verdienen, weniger als Autor, kaum als Komponist oder Maler, sondern als Richter.

Jura hatte der 1774 geborene Ostpreuße in seiner Heimatstadt Königsberg (heute Kaliningrad) studiert, wie Vater und Großvater. Seine Laufbahn führte über Glogau (heute Głogów), Berlin und Posen (heute Poznań) nach Plock (heute Płock). Der Verlobten in Königsberg sandte er 1802 ein Ade, um in Posen gleich Maria Thekla Michalina (»Mischa«) Rorer-Trzynska zu heiraten. Vier Jahre jünger als er, erduldete sie sein Leben lang alle Affären, Launen und alkoholischen Exzesse des – so seine Biografin Gabrielle Wittkop-Menardeau – »demütig geliebten Gatten«. Eine Tochter, Cäzilia, starb zwei Jahre nach der Geburt. Das Paar nahm eine Nichte Mischas zur Pflege mit nach Warschau, wo Hoffmann als Regierungsrat begann. Ende 1806 machte Napoleon dort siegreich Schluss mit der elfjährigen südpreußischen Herrschaft. Der König kündigte seinen Warschauer Beamten. Es werde ihm sehr schwer, schrieb Hoffmann seinem alten Freund und Kommilitonen Theodor Gottlieb von Hippel, »für eine herzensliebe Frau zu sorgen, und ihr, nach dem, was sie mit mir ausstand, eine bequeme Lage zu bereiten«. Er verdingte sich an Theatern in Bamberg und Dresden/Leipzig als Komponist, Bühnenbildner, Kulissenmaler und Konzertmeister. Eine erste Erzählung (»Ritter Gluck«) schaffte es 1809 in die Presse. Im Jahre 1814 fand ihm Hippel eine Stelle am Kammergericht in Berlin, wo er schnell vom »Hülfsarbeiter« zum Kammergerichtsrat im Ober-Appellations-Senat aufstieg. Seine Erzählungen und Novellen verkauften sich. Am Ende wohnten Mischa und er luxuriös in der Taubenstraße 31. Direkt gegenüber im Königlichen Nationaltheater feierten sie am 3. August 1816 die Premiere seiner »Undine«. Das Gebäude (heute Ort des Konzerthauses Berlin) samt Schinkels Bühnenbild der Märchenoper brannte am 29. Juli 1817 ab.

Vierzig Tage vorher hatte Richter Hoffmann im Kollegienhaus in der Lindenstraße (heute Eingang zum Jüdischen Museum) ein Urteil unterzeichnet, das eine Frau aufatmen ließ, eine Kollegin, schriftstellernd wie er: Wilhelmine Christiane de Chézy oder, wie sie sich selbst nannte, Helmina von Chézy. Was führte die beiden zusammen? Eine Strafsache, und die entwickelte sich so: Die Berlinerin, 1783 als Enkelin der Dichterin Anna Luise Karsch geboren, war die Unruhe in Person. Mit sechzehn verheiratet, mit siebzehn geschieden, mit achtzehn in Paris, bildete sie sich dort autodidaktisch und nutzte das ererbte Schreibtalent, um sich mit Lyrik, Reportagen und Kunstessays ihren Lebensunterhalt zu verdienen. Im Jahre 1805 heiratete sie den zehn Jahre älteren Pariser Orientalisten Antoine Léonard de Chézy. Nach fünf Jahren waren sie entzweit. Helmina zog mit ihren beiden kleinen Söhnen zurück nach Deutschland, wo es noch relativ friedlich zuging. Doch 1813 begann der Befreiungskrieg gegen die Okkupanten aus Frankreich. Helmina pflegte in Darmstadt Verwundete. Am 14. Juni 1815 (vier Tage vor der Schlacht von Waterloo) begab sie sich »mit einer Cabinetsordre meines Königs beglückt« zu den preußischen Lazaretten am Niederrhein und in Belgien. Anfangs von Ärzten und Kommandanten begrüßt und

Das Königliche Kammergericht.
Nach einem Stich von Johann Heinrich Hintze

gelobt, stieß sie, je unverhohlener sie die Zustände kritisierte, auf Ablehnung. In Namur war es am schrecklichsten. Was sie dort erlebte, waren ungelüftete, stinkende Krankensäle, schmutzige Liegen, nasses Brot, Korruption und veruntreute Spenden. »Bei den Schwerkranken floß an den Betten ein handbreiter gelber Bach von Eiter ihrer Wunden durch den ganzen Saal; schlechte grobe, starre Verbandstücke ließen diese verderbte Masse ungestört durchsickern.« Genug Stoff für eine detaillierte Eingabe an den Stabschef August Neidhardt von Gneisenau im Januar 1816, dem sie bekannte: »Mir ist das Kriegsrecht unbekannt; aber die Rechte der Menschheit erkenne ich klar, und dies gibt mir den Mut, sie da zu vertreten, wo Hülfe zu hoffen ist.« Der Generalleutnant reichte sie an seinen Kollegen Wilhelm von Zastrow weiter. Für »Abhülfe« sorgte er nicht, stattdessen für eine Beleidigungsklage gegen Frau von Chézy, eingereicht beim Kreisgericht in Köln. Helmina blieb dem Verhör fern. Also verurteilte der Richter sie ohne: ein Jahr Zuchthaus und 1000 Francs Geldstrafe. Sie legte Beschwerde beim preußischen

Justizminister Friedrich Ludwig von Kircheisen ein. Somit gelangte ihre Kölner Akte in die Berliner Lindenstraße, genauer: auf den Tisch des Kammergerichtsrats Hoffmann.

Nach einmonatiger Reise nahmen Helmina und ihre Jungen am 24. März 1816 in Berlin Quartier, das sie mehrmals wechselten. Kaum angekommen, mischte sie sich in die Berliner Gesellschaft. Einer ihrer ersten Besuche galt Kircheisen. Auf seine Worte »Gerechtigkeit soll Ihnen werden, das verspreche ich Ihnen!« reagierte sie äußerst skeptisch: »Ich gestehe, daß ich ihm nicht glaubte.« Dann aber: »Zum Inquirent wurde Theodor Amadeus Hoffmann ernannt. Diese Wahl machte mich stolz und froh.« Sie hatte ihn bereits bei Julius Eduard Hitzig, Hoffmanns Kollegen, Freund und erstem Biografen, schätzen gelernt: Wie aufmerksam er ihre Texte anhörte und wie herzlich er sich Hitzigs Kinder zuwandte (ihnen schrieb er im selben Jahr das Märchen »Nussknacker und Mausekönig«). Feinfühlig lud Hoffmann die Angeklagte vor: »Gern möchte ich Ihnen, gnädige Frau ! das unangenehme Erscheinen auf dem Kammergericht ersparen und überhaupt eignet sich die Sache nicht zur Verhandlung im geräuschvollen Terminsaal.« Eine schriftliche Aussage würde ihm genügen. »Aus diesem Aufsatz werde ich dann das Protokoll anfertigen und Ihnen, gnädige Frau ! vorlegen, ohne daß Sie nötig haben, sich unter die im Terminsaal zankenden Parteien zu mischen.« Dennoch erschien Frau von Czézy mit ihren Söhnen am 26. September persönlich. In einem abgesonderten Raum traf sie den Richter. Ein Referendar, August Wilhelm Goetze, protokollierte. Sie war begeistert von Hoffmann. Die »Besonnenheit, die Theilnahme, der Scharfsinn des Informations-Commissairs rief Alles [...] zur Klarheit, zur Ordnung, zum Leben, und gab der gerechtesten Empfindung das rechte Wort.« Zu zwei weiteren Verhören bat er sie um die Jahreswende in seine Wohnung. Er »hatte die Wände selbst ausgemalt. Das schönste Zimmer war auf überraschend sinnreiche Art mit den Zieraten ausgeschmückt, die auf seine Oper ›Undine‹ Bezug hatten. Mit zwei wunderkleinen zarten Händchen, und einer Gestalt vom regelmäßigsten Knochenbau, mit seinen zwei Funkelaugen [...], mit seinen feinen Lippen, die man niemals lächeln sah, glich Hoffmann einem gespenstischen

Wesen, an welches die Natur nur das unentbehrlichste Quantum von Fleisch und Bein gewendet hatte. [...] Als ich bei Hoffmann angelangt war, sahen wir uns lange stillschweigend an. Ich wagte einige Scherze, die ihm das erste und einzige Lächeln entlockten, welches ich auf seinen Lippen schweben gesehen. Wir beide empfanden die Ironie des Geschicks, das zwei Dichter wie wir in einer solchen Lage einander gegenüberstehen.« Das Verhör führte Hoffmann quasi mit sich selbst. Er hörte die Angeklagte an und legte ihr dann die Worte so in den Mund, dass sie zum Freispruch führen mussten: »Sie habe sich also besonders verpflichtet fühlen müssen, die Klagen der rückkehrenden Rekonvaleszenten zur Kenntnis und Prüfung der höhern Behörden zu befördern. Der ganze Hergang der Sache ergebe sonach, daß sie die Absicht nicht gehabt habe, die Prüfungskommission zu beleidigen. [...] Endlich werde durch die Wahrheit ihrer Rügen die Absicht zur Beleidigung gleichfalls ausgeschlossen.« Diese Wahrheiten konnte Hoffmann Punkt für Punkt nachweisen, denn für die Schlampereien und Unredlichkeiten in Namur benannte Frau von Czézy Zeugen. Allenfalls eine fahrlässige Beleidigung konnte also vorliegen. Diesen Straftatbestand, den der in Köln geltende Code Civil kennen mochte, war aber dem Allgemeinen Preußischen Landrecht fremd, und *dem* hatte das Kammergericht zu folgen. Mithin: Freispruch. Hoffmanns erstes Erkenntnis verwarf Kircheisen, aber ein zweites unterschrieb er am 19. Juni 1817. Erleichtert genossen Helmina und ihre Söhne den Berliner Sommer, im Oktober reisten sie weiter nach Dresden, wo sie sechs Jahre blieben. Weitere Lebensstationen waren Wien, das Salzburgerland, München, Paris, Baden-Baden, Heidelberg und das Elsass. Sie arbeitete mit den Brüdern Schlegel, Adelbert von Chamisso, Franz Schubert und – weniger harmonisch – mit Carl Maria von Weber zusammen. Ihre eigene Prosa brachte sie unter dem Titel »Stundenblumen« (1824-27) heraus, ihre Lyrik als »Herzenstöne auf Pilgerwegen« (1833). Im Vormärz trat sie für Frauenrechte ein und ging – angeregt durch Bettina von Arnims Armenbuch – die soziale Frage an. »Dies Buch gehört Bettinen« sollte das Werk heißen. Es blieb Fragment. Im Jahre 1856 erlag Helmina von Chézy in Genf der Cholera.

Hoffmann dämmerte 1817 bereits der Lebensabend, literarisch erfolgreich, beruflich gefordert, körperlich hinfällig. Als Mitglied der »Königlichen Immediat-Untersuchungs-Kommission zur Ermittlung hochverräterischer und staatsgefährdender Umtriebe« musste er seinen Verleger Georg Andreas Reimer und den Lehrer Friedrich Ludwig Jahn verhören – und sprach beide frei. Den Polizeidirektor Karl Albert von Kamptz verspottete er so, dass dieser gegen ihn klagte. Das Verfahren endete 1822 mit Hoffmanns Tod. Schon im Jahr zuvor war er schwerkrank aus dem Amt geschieden, »und ich muß nur noch zu seinem Lobe erwähnen«, rühmte sein Chef, Kammergerichtspräsident Friedrich von Trützschler, »daß er auch nicht einen Rest zurückgelassen hat.«

Auch an Erbschaft hinterließ er nichts Nennenswertes, außer Schulden. Als wichtigste Gläubigerin meldete sich die Weinhandlung Lutter & Wegner mit einer Forderung von 1116 Reichstalern, 21 Groschen, in etwa Hoffmanns halbem Jahresgehalt. Kein Wunder, dass »31 Flaschen verschiedene Sorten Wein« neben einer goldenen Uhr, Haushaltswaren, Büchern, Gemälden und Musikinstrumenten bei der Nachlassauktion zu Buche schlugen. Michalina, die Witwe, blieb ihr fern. Sie reiste gleich nach Hoffmanns Beerdigung auf dem Friedhof vor dem Halleschen Tor (heute am Mehringdamm) zu ihrer Mutter und Schwester nach Posen. Hippel und Hitzig hielten Kontakt zu ihr, auch um ihre Rechte an Hoffmanns Werken zu sichern. Mischa lebte gemeinsam mit einer Pflegetochter in Posen, Breslau, und zum Schluss beherbergten sie Kurgäste in Warmbrunn (heute Cieplice), wo auch Hoffmann dreimal Erholung gesucht hatte. Anfang 1859 starb Michalina. Ihr Grabstein ist erhalten, gut lesbar an einem Haus in der ulica Kościelna.

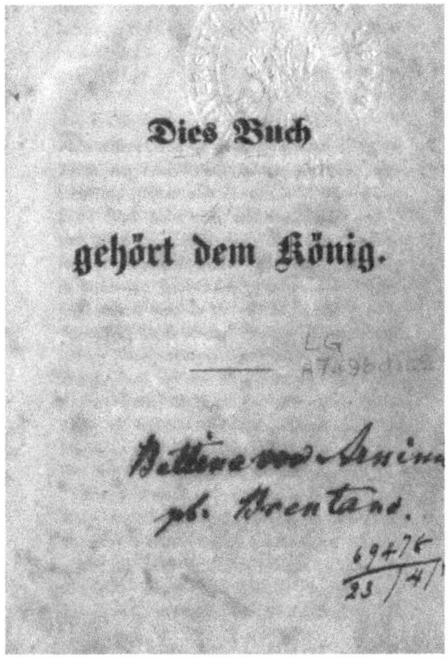

Bettina von Arnim (1785-1859) ist ihrer Herkunft nach Hessin. Die Tochter eines Frankfurter Kaufmanns und einer Mutter aus italienischem Adel lernt über ihren Bruder Clemens Brentano dessen Freund, den Schriftsteller Achim von Arnim kennen. Ihre Heirat 1811 bringt sie nach Brandenburg. Das Paar hat sieben Kinder. Bettina lebt meist in Berlin, Achim auf seinem Gut Wiepersdorf. Gut vernetzt in der Berliner Gesellschaft bis hinauf ins Königshaus, setzt sie sich für bedürftige Menschen ein. Sie macht publizistisch auf prekäre Lebensumstände in Berliner Elendsvierteln aufmerksam und wird auch eigenhändig karitativ tätig.

Die alte Frau aus Fahrland (geboren 1756) kennen wir nur aus Bettinas Notizen. Ein Bild von ihr gibt es nicht. Der Vater der Frau, sieben Brüder, ihr Mann und zwei ihrer Söhne fallen in Kriegen, der dritte Sohn wird von einem Soldaten ermordet. Ihre Tochter, 1836 gestorben, hinterlässt ihr drei Enkelkinder, um die sich die aktive alte Frau kümmert. Bettina bewundert ihren Lebensmut und wie sie regelmäßig die lange Strecke von Fahrland nach Berlin zurücklegt, um Kräuter und andere Dinge feil zu bieten. Mit dem Spendengeld eines preußischen Prinzen unterstützt sie den Existenzkampf der Großmutter.

Anfang 1845 sucht die alte Fahrländerin Bettina in ihrer Wohnung auf, um Unterstützung zu erbitten. Bettina ist von ihr beeindruckt, trifft sie mehrfach wieder und lässt es an Hilfe nicht fehlen.

BERLINER SCHULALLTAG. Kraftlos steht die Lehrkraft vor der Klasse und dringt nicht durch. Täglich zwei lange Stunden in einer großen Wohnung am Wilhelmplatz im November 1823. Ein gut besoldeter Privatlehrer (zehn Taler monatlich) vor fünf Geschwistern zwischen elf und fünf Jahren und deren Mutter, einer Baronin. Der Respekt vor ihm sinkt, die Renitenz steigt, am lautesten bei Friedmund, dem Drittältesten, bis es der Baronin reicht. Spontan setzt es eine Ohrfeige. Der Junge erschrickt, erschrocken ist auch die Mutter – über sich selbst. Brieflich beichtet sie das Ungeheuerliche ihrem Gatten fernab auf seinem Landgut. Ihr Gewissen, das ihr sagte, sie habe Friedmund »in seiner Eigenthümlichkeit unrecht gethan zwang mich [hinterher] zur zärtlichsten Aufmerksamkeit für ihn.« Und sie fügt hinzu: »Ich kann mit Gewalt keinen Gehorsam verlangen, ich kann den Kindern wohl vorstellen was ich heilsam großartig wichtig finde, aber ich muß ihre Freiheit respecktieren.« Spricht hier eine Pädagogin von Profession, Schülerin Pestalozzis und Fröbels?

Nein, hier agierte eine modern denkende Liberale, eine große deutsche Romantikerin, hin- und hergerüttelt zwischen leidenschaftlichem Handeln und bitterem Bereuen, zwischen überbordendem Temperament und tiefster Empathie, eine Meisterin des sprudelnden Wortes und der zupackenden Tat: Bettina Brentano aus der Freien Stadt Frankfurt. Früh verwaist, wuchs sie heran zu einem übermütigen Wirbelwind, den Großmutter und Klosterschule nicht zähmen wollte, nicht zähmen konnte, jung und mutig bis ins Alter, gemocht, wo immer sie erschien. Als »klein, aber von schöner Haltung,« beschreibt sie der noch unbekannte Geschichtsstudent Jacob Burckhardt 1842, »mit wahrhaften Zigeunerzügen im Angesicht, aber so wunderbar interessant wie selten ein weiblicher Kopf. Schöne echte kastanienbraune Locken, die braunsten wundersamsten Augen, die mir je vorgekommen sind.« Die schwedische Literatin Malla Montgomery-Silfversdorp lernte sie 1825 kennen. »Frau Arnim ist sehr witzig, lebhaft und unterhaltend – nur sehr unruhig, friedliches Behagen wird man bei dieser Generation vergeblich suchen! Man schwatzt, schreit und lacht ohne Unterlaß.« Hinzugefügt sei, wie Bettina daheim gewöhnlich nicht im Sessel saß, sondern auf dessen Lehne, die Füße auf der Sitzfläche, und auch mal den Kachelofen erklomm, um all ihre Gäste im Blick zu behalten. Sie führte ein gastfreies Haus, sperrangelweit offen für jedermann und jede Frau, ob reich oder arm, stets Aufmerksamkeit erheischend, eloquent, streitlustig und liebenswert. Jacob, der ältere der Gebrüder Grimm, nannte sie einen überlaufenden Brunnen, der keinen ruhigen Gedanken zuließ. So verschieden aufgelegt Bettina auch daherkam, fad fand sie niemand.

Am wenigsten der Freund ihres Bruders Clemens, Achim von Arnim, Gutsherr auf Wiepersdorf und Bärwalde, den die 25-Jährige 1811 heiratete. Meist lebte das Paar getrennt, er schöpferische Ruhe suchend in Wiepersdorf, sie prickelnde, geistige Unruhe suchend und verursachend in Berlin, der jungen Universitätsstadt. Von einer Wohnung zur preiswerteren zog die Mutter mit ihrer wachsenden Familie (ihr siebtes Kind gebar Bettina noch 41-jährig). Mindestens dreizehn Berliner Adressen sind bekannt. Im Januar 1831 starb Achim. Bei aller Trauer begann für die junge Witwe ein zweites Leben. Nun trat auch sie schriftstellerisch hervor. Ihr Erstling, der Briefroman *Goethes Briefwechsel mit einem Kinde* (1835), basierend auf der Korrespondenz der jungen Bettina mit ihrem Weimarer Idol, machte sie sofort bekannt. Dem Bestseller folgten drei weitere, weniger gelesene Romane.

Im Jahre 1843 veröffentlichte Bettina von Arnim einen Wälzer mit Widmung bereits im Titel: *Dies Buch gehört dem König*. Friedrich Wilhelm IV. nahm auf Anraten Alexander von Humboldts die Zueignung an. Unzensiert also gelangte ein selten politisches Buch in die erwachende Öffentlichkeit. Karl Gutzkow, dessen Schriften in Preußen acht Jahre lang verboten waren, kommentierte: »Traurig genug, daß nur ein Weib das sagen durfte, was jeden Mann würde hinter Schloß und Riegel gebracht haben.« Ja, was? Frieden und Völkerverständigung forderte die rebellische Baronin, Toleranz, Emanzipation der Juden, Verwaltungsgerichte, humanen Strafvollzug, das Ende der Todesstrafe und dem Volke, den Armen, legislative Kraft. Sie forderte es von ihrem König, an dessen guten Willen sie unbeirrt glaubte. Eindringlicher noch appellierte sie an ihn in *Gespräche mit Dämonen* (1852). Gutzkow: Man hat diesen Band »kommunistisch genannt, man höre, was er enthält, und erstaune über dies sonderbare Neuwort Kommunismus! Ist die heißeste, glühendste Menschenliebe Kommunismus, dann steht zu erwarten, daß der Kommunismus viele Anhänger finden wird.« Und Bettina selbst? Schon 1847 äußerte sie unter der Anklage der Beamtenbeleidigung: »Der Schatz der Armen besteht im angeborenen Reichtum der Natur, das Verdienst des Bürgers im Anwenden und Ausbeuten dieses Naturreichtums. [...] Die Gründe also, warum ich den Proletarier am höchsten stelle, ist, weil er der Gemeinheit enthoben ist, als Wucherer dem Weltverhältnis etwas abzugewinnen.« Der Richter verhängte die Höchststrafe für Adlige, drei Monate Gefängnis. Ihr Schwager, der Jurist und Staatskanzler Carl Friedrich von Savigny, erreichte, dass Bettina in Freiheit blieb.

Bettinas Worte nur Geklingel? Keineswegs! Carl Lindow wusste es in seinen *Berliner Pfennig-Blättern* vom 7./8. September 1847 genau: Im Vogtland, dem Armutsviertel zwischen Hamburger und Rosenthaler Tor, besuchte und unterstützte sie 400 Familien, im Winter 1846/47 schenkte sie ihnen Schuhe, die sie bei Berlins Meistern in Auftrag gegeben hatte. Zum Wohle der bedürftigen Juden erbettelte sie von Mayer Carl von Rothschild in Frankfurt 700 Taler. Nicht genug damit: In der Cholera-Epidemie 1831 pflegte sie Kranke, für die schlesischen Weber ergriff sie 1844 Partei, ebenso für die 254 polnischen Freiheitskämpfer, die 1847 in Berlin inhaftiert waren (und amnestiert wurden) und für den Bonner Demokraten Gottfried Kinkel, der am Abend der Revolution 1849 dem Schafott entgegensah (aber entkommen konnte).

Eines Wintertages, Anfang 1845, klopfte es an Bettinas Wohnungstür Hinter dem Neuen Packhof 2, obere Etage, dem heutigen Ort der Alten Nationalgalerie. In der Kälte stand eine alte Frau, so alt, wie damals nur wenige wurden, fast neunzig Jahre, etwa anderthalbmal das Alter der Baronin, und noch immer groß und gerade. Bettina ließ sie hereinbitten. Eine eigentümliche Bekanntschaft begann. Bettina beschrieb sie für ein geplantes *Armenbuch*, welches jedoch nie erschien. »Sie trat ein, ich nahm ihr die Kiepe ab und lobte ihr reinliches Ansehen und ihre Schönheit.« Geschmeichelt entgegnete die Besucherin: »Man kann Gott danken, wenn man seine Geisteskräfte behält; ich kann die ganze Bibel auslegen und meine Enkel alles lehren.«

Die drei Enkelkinder, ja, sie waren der Lebensinhalt ihrer späten Tage. Bettina scheint vor allem zugehört zu haben, voller Sympathie und Hochachtung und – untypisch für sie – meist schweigend. Da begegneten sich zwei Mütter, die das Schicksal ungleich fest angepackt hatte. Die berühmte Adlige, in stetem Briefkontakt zum König, als Gäste die Großen der Gesellschaft, hatte ihren geliebten Mann früh, ihren jüngsten Sohn nach einem Badeunfall in der Spree verloren. Hat sie sich mit der armen aufrechten Frau verglichen, die regelmäßig ihre Kiepe voll getrockneter Kräuter aus dem Dorf Fahrland dreißig Kilometer zu Berlins Apothekern trug, um mit dem Erlös zusätzlich zu den Armengroschen der Gemeinde ihre Enkel und sich durchzubringen? Bettina hegte an ihrer Lebensgeschichte keinen Zweifel.

Geboren 1756, am Ausbruch des Siebenjährigen Krieges, in dem 1762 ihr Vater fiel, hatte sie acht Brüder. Außer einem gingen alle zur Fahne, ihr Mann auch, und sie alle starben im Feldzug gegen Frankreich 1793. Drei ihrer Söhne meldeten sich ebenfalls zur Armee. Sie blieben 1806 auf dem Feld bei Jena. Den vierten, »Bucklig aber nicht sehr«, kriegsuntauglich daheim in Magdeburg das Haus hütend, stach ein Quartier suchender französischer Soldat nieder. Dem Mörder hat sie in Präsenz eines *officier* »verziehen, aber eine Stunde drauf haben sie ihn erschossen.« Blieb der Mutter nur noch die Tochter, vermählt mit einem Zimmerer, der 1831 beim Neubau der Potsdamer Nikolaikirche verunglückte. Nun waren die beiden Frauen allein mit drei kleinen Kindern. Fünf Jahre später erkrankte die Tochter schwer. Auf dem Sterbebett bat sie ihre Mutter, sich der drei baldigen Waisen anzunehmen. Das tat die damals 80-Jährige auch. Selbstverständlich.

Der Enkel lernte Schuhmacher, berichtete die Frau aus Fahrland, das ältere Mädchen stand vor der Konfirmation, die Jüngste ging noch zur Schule. Wovon sie lebten, wollte Bettina wissen. Meist

»von Brodsuppe und etwas Kümmel dran, denn Butter sei ganz überflüssig, sie esse das Dünne von der Suppe und ihre Enkel das Dicke.« Aber jetzt solle es besser werden, sie wolle einen Handel beginnen, erzählte sie Bettina, zusammen mit ihrer Enkelin, deren Schulzeit ja nach der Konfirmation endete. Lebensmittel auf den Dörfern ein- und in den Städten verkaufen, war das Geschäftsmodell. Bettina ließ dem Mädchen ein Einsegnungskleid nähen. Als die Fahrländerin vor Ostern das Kleid abholte, gab ihr Bettina für ihr Unternehmen acht Taler aus dem Almosenbeutel und freute sich an der Freude der Frau. Um die Pfingstzeit begegnete Bettina der Kiepenträgerin auf der Straße, nunmehr bekümmert. Sie zog sie zu sich in die Droschke. Die Konfirmandin war gestorben, die acht Taler hatten für die Beerdigung gereicht. Nun wollte sie den Lebensmittelhandel mit ihrem Enkel aufziehen. Er sei bereit, seine Lehre abzubrechen, und einen Hundewagen wolle sie anschaffen. Auch dafür fand sich ein Zuschuss in Bettinas »Heckebeutel«, dem Säcklein, in dem sich, so wollte es der Volksglaube, die Münzen märchenhaft erneuerten. Auch Prinz Waldemar von Preußen, der um Bettinas Tochter warb, hatte großzügig beigesteuert. Noch ein paar Mal griff Bettina hinein, beeindruckt von dem Mut der alten Frau, »mit eignen Kräften auf dieser, den Armen treulosen, Welt ihren Enkelkindern eine sichre Stelle gründen zu wollen. Die Frau hat nach geprüfter Weise vertraut auf die feste Ausdauer; das einzige, woran sie nicht glauben wollte, ist an ihre gesunkene Kraft.« Zweifel an ihrer Kraft hatte der Beamte in Potsdam, den sie wenigstens dreimal aufsuchte, um einen Gewerbeschein zu beantragen. Ob er ihr die Lizenz je ausstellte? Wer weiß, Bettina aber hatte ihr Möglichstes getan, schon allein, um eine Lebenshoffnung am Schimmern zu halten.

»Gott war besonders guter Laune, als er die Bettina schuf,« mutmaßte Friedrich Schleiermacher. Wer konnte es besser wissen als der berühmte Theologe? Er war ja täglich im Gespräch mit seinem Herrn.

Otto von Bismarck (1815-1898) entstammt altmärkischem Adel. Der überzeugte Monarchist dient dem preußischen König als Gesandter im Ausland, beim Deutschen Bund in Frankfurt am Main und als Ministerpräsident. Seinem Wirken wird die deutsche Einigung zugeschrieben. Als Reichskanzler initiiert er, ein Feind der Sozialisten, 1878 gegen sie ein Gesetz, das ihnen die politische Arbeit erschweren, und ein bis dahin unbekanntes Sozialsystem, das die Sozialdemokratie obsolet machen soll.

Ferdinand Lassalle (1825-1864) aus Breslau organisiert als Gründer des Allgemeinen Deutschen Arbeitervereins 1863 die deutschen Sozialisten erstmals politisch. Dieser Verein geht später in der Sozialdemokratischen Partei Deutschlands auf. Lassalle ist ein glänzender Redner und eloquenter Autor politischer Schriften, zugleich aber auch ein Bonvivant, der mit einer Adligen liiert ist und sich von ihr aushalten lässt. Gleichwohl hat er verschiedene Affären. Eine wird ihm zum Verhängnis.

Der Ministerpräsident lädt den Sozialisten Mitte Mai 1863 zu sich ein, um zu prüfen, ob sie sich politisch nützlich sein können. In weiteren Gesprächen lernen sich die Gegner schätzen.

MONTAG, 16. SEPTEMBER 1878, Reichstag, Leipziger Straße 4. Sitzungsthema: Das Gesetz gegen die gemeingefährlichen Bestrebungen der Sozialdemokratie. Das Wort hat der Abgeordnete August Bebel von der Sozialistischen Arbeiterpartei Deutschlands. Der Kölner nimmt den konservativen Kanzler aufs Korn. So gefährlich, meint Bebel, könnten diese Sozialdemokraten gar nicht sein. Pflegte der Herr Reichskanzler nicht selbst mit einem von ihnen vertraulich Gespräche, mit dem Genossen Lassalle nämlich? »Hört, hört! Große Heiterkeit!« notiert der Stenograf, Minuten später »Unruhe« und »Lärm«. Politiker poltern los, die – sollte man meinen – sich sonst wenig zu sagen haben, Konservative, Sozialisten, Liberale, Katholiken.

Tags darauf, am 17. September, tritt Otto von Bismarck ans Pult. Der Kanzler gibt den Kontakt mit dem Sozialisten freiweg zu. Die Gespräche mit Lassalle, ja, die habe er geführt, viel seltener als Bebel annehme, aber immer mit Vergnügen: »Was er hatte, war etwas, was mich als Privatmann außerordentlich anzog: er war einer der geistreichsten und liebenswürdigsten Menschen, mit denen ich je verkehrt habe.« Einer, der gespürt habe, »daß ich in ihm einen Mann von Geist sehe, mit dem zu verkehren angenehm war, und er seinerseits den angenehmen Eindruck hatte, daß ich ein intelligenter und bereitwilliger Hörer war.« – »Ich bedaure, daß seine politische Stellung und die meine mir nicht gestatteten, viel mit ihm zu verkehren, aber ich würde mich gefreut haben, einen ähnlichen Mann von dieser Begabung und geistreichen Natur als Gutsnachbarn zu haben.« Wie das? Hören die Herren Abgeordneten richtig? So viel Freundliches aus dem Munde eines Mannes, über dessen Lippen Lob in diesem hohen Hause sonst kaum kam? Jawohl, eine Laudatio, fünf Minuten lang, und zwar für einen der Gemeingefährlichen.

Die Begegnungen der beiden politischen Antipoden waren ins öffentliche Bewusstsein nicht gelangt. Es lag ihnen ja daran, die politische Peinlichkeit ihrer Treffen unterm Teppich zu belassen. Nun jedoch Bebel, der linke Volksvertreter! Was er an jenem Septembertag gegen Bismarck auspackte, wusste er indirekt von Sophie Gräfin von Hatzfeldt (1805-1881). Die Schlesierin war Lassalles Partnerin gewesen, privat wie politisch, seit er – juristischer Autodidakt – einen fünfjährigen Scheidungsprozess für sie gefochten hatte. Die agile, Zigarren rauchende alte Dame wurde zur »Mutter der Sozialdemokratie« und als es 1878 gegen das Sozialistengesetz ging, trug sie ihre brüchigen Erinnerungen an Lassalles Geheimtreffen mit Bismarck in die Redaktion des »Vorwärts«, des sozialistischen Blattes. Dort schnappte sie Bebel auf. Die Fakten, die er dann dem Reichstag präsentierte, hatten folglich Lücken, und die des Kanzlers wenig Substanz.

Dann, im Herbst 1927, krachte es im Preußischen Staatsministerium, Wilhelmstraße 63 (heute: 52). Ein altersmüder, fragiler Schrank brach auseinander. Vergessene, vergilbte Akten gelangten an den Tag: die Korrespondenz Ferdinand Lassalles und Otto von Bismarcks aus der Zeit ihrer persönlichen Treffen. Sofort bat der Historiker Gustav Meyer den preußischen Ministerpräsidenten um die Erlaubnis, sie zu veröffentlichen. Otto Braun willigte gern ein. Er war Sozialdemokrat.

Was hatte Bismarck und Lassalle, diese ungleichen Männer, zusammengeführt? Den Sohn eines Seidenfabrikanten und den zehn Jahre Älteren aus altmärkischem Landadel, den Studenten der Philosophie und einen, der weniger aus Büchern als aus dem Leben gelernt hatte, den feurigen, schlanken, schwarz gelockten Charmeur und den abgeklärten, zu Bauch und Glatze neigenden Edelmann, beide national gesonnen, der Sozialist nicht unbedingt republikanisch, der Monarchist aber allzeit treuer Vasall seines Königs (und späteren Kaisers) Wilhelm I. Weshalb begab sich der Volkstribun des vierten Standes in die, wie er es pittoresk ausmalte, »Höhle des Löwen«, um »mit dem Teufel Kirschen zu essen«? Weshalb, andererseits, lud ihn Bismarck zu sich in die Wilhelmstraße 74 (heute 84/85), den Sitz des Satans?

Entgegen seinen Behauptungen: *Er* war es, der Lassalles Besuch wünschte, nicht umgekehrt. Seinem Referenten, dem Oberregierungsrat Karl Ludwig Zitelmann, diktierte der Ministerpräsident am 11. Mai 1863 auch gleich den Grund der Einladung: von einem »unabhängigen« Mann Genaueres »über die Verhältnisse der arbeitenden Klassen« zu erfahren. Lassalle scheint den Besuch der Löwenhöhle gescheut zu haben. Denn umgehend schickte man ihm aus der Wilhelmstraße ein zweites Schreiben: »Euer Wohlgeboren darf ich dennoch ganz ergebenst ersuchen, Sich zu der besprochenen Stunde gefälligst einfinden zu wollen. Mit vorzüglicher Hochachtung Zitelmann.« Weit hatte es Lassalle nicht. Er wohnte in der Bellevuestraße 13 (heute: 5) und ab Herbst 1863 in der Potsdamer Straße 13 (heute: Alte Potsdamer Straße Ecke Eichhornstraße). Am 12. oder 13. Mai ließ sich Lassalle bei Bismarck melden.

Für die »gutachtlichen Äußerungen«, die Bismarck wohl als Vorwand für das Gespräch wählte, war Lassalle der geeignete Mann. Bismarck war noch keine acht Monate Ministerpräsident. Wilhelm I. hatte ihn berufen, um die Heeresreform durchzupauken, deren Notwendigkeit das liberal dominierte Abgeordnetenhaus nicht einsah. Der Premier löste es kurzerhand auf und betrieb die Aufrüstung außerparlamentarisch an der Verfassung vorbei. Nun wollte der Konservative sondieren, ob Lassalle, der gerade die Gründung des Allgemeinen Deutschen Arbeitervereins betrieb, ihn unterstützen würde. Der Gedanke lag nicht fern. Zwar hatte der Student Ferdinand Lassalle sozialistische Ideen entwickelt, die er mit ganzer Kraft (seinen Lebensunterhalt bestritt die Gräfin Hatzfeldt) in Preußen publik machte, gedruckt, von den Tribünen herab und in den Gerichtssälen, wohin ihn seine Schriften und Reden brachten. Aber eine Revolution schloss er aus. Dazu sei die deutsche Arbeiterschaft nicht fähig. Er setzte auf staatliche Reformen in einem künftigen Deutschen Reich. Mit Karl Marx, in London lebend und 1861 elf Tage sein Gast in der Bellevuestraße, fand er keinen gemeinsamen Nenner. Setzte er Hoffnungen auf Bismarck?

Die zwei Kontrahenten sprachen sich wenigstens vier- bis fünfmal, letztmals Ende Januar oder Anfang Februar 1864. Die Treffen waren heikel. Beide fanden es opportun, ihr »Kirschenessen« vor den jeweiligen politischen Freunden verborgen zu halten. In den Verdacht des Verrats wollten sie nicht geraten. Geheimhaltung war geboten. Dennoch ist bekannt, worüber sie sich austauschten. Zwar führte Lassalle Tagebuch nur als Jugendlicher, Bismarck gar nicht und seine 1898 erschienenen *Gedanken und Erinnerungen* übergehen Lassalle völlig, der wiederum zum Memoirenschreiben nicht kam. Er starb zu früh. Doch erlauben die 21 Briefe und Telegramme aus jenem in der Staatskanzlei zerbrochenen Aktenschrank Rückschlüsse auf den Diskurs.

Bismarck wird erfreut gewesen sein zu hören, dass der Tribun des einfachen Volkes »die hilfreiche zivilisatorische Ägide des Staates« für sein soziales Reformprogramm in Anspruch nehmen würde, mit dem König als dem »natürlichen Träger einer sozialen Diktatur«. Lassalle forderte beispielsweise, dass der Fiskus im Zuge einer ohnehin geplanten Steuerreform die indirekten Steuern, im Besonderen aufs Mahlen und Schlachten, senkte wenn nicht gar abschaffte, da diese »den gemeinen Mann« im Proporz zum wohlhabenden über Gebühr belasteten. Eine allgemeine Einkommensteuer sei sozialer. Lassalle brachte das Gespräch auch auf sein Lieblingsthema, die Genossenschaften. Ihnen könnten staatliche Zuwendungen helfen, die Produktionsmittel zu erwerben, die sie zu Konkurrenten der Fabrikanten machen würden. Die gemeinsamen Feinde Bismarcks und Lassalles, die Wirtschaftsliberalen, könnten so geschwächt werden. Überhaupt das Stichwort »Staatshilfe«: Lassalle legte Bismarck den Gedanken eines Sozialsystems nahe, das dieser als Reichskanzler in den Achtzigerjahren in Form der Kranken-, Invaliditäts- und Altersversicherung tatsächlich in die Wege leitete, einer Weltneuheit! Auf taube Ohren jedoch stieß die Forderung nach einem allgemeinen direkten Wahlrecht in Preußen und die Warnung, dass ein Krieg, wie er um Schleswig-Holstein drohte, die sonst geduldigen arbeitenden Klassen zum Widerstand reizen könnte.

Um einen Termin in eigener Sache bat Lassalle am 23. Oktober 1863. Ende des Vormonats war es am Rande einer Arbeiter-Kundgebung in Solingen zu einer Messerstecherei gekommen. Der Bürgermeister Josef Lambert Trip von der Fortschrittspartei hatte daraufhin an der Spitze von bewaffneten Gendarmen und Polizisten die etwa 5000 Versammelten heimgeschickt. Der Staatsanwalt in Düsseldorf konfiszierte sodann Lassalles Redetext und Trip sagte über den Hergang der Ereignisse angeblich falsch aus. Bismarck räumte Lassalle auf der Stelle einen Termin ein, »morgen [24. Oktober] Mittag um 12, oder wenn es um diese Stunde nicht tunlich ist, morgen Abend um 8«. In dem Gespräch zeigte er sich sehr hilfsbereit. Er könne mittels eines Rundschreibens alle preußischen Staatsanwälte anweisen, seine Schriften unangetastet zu lassen. Lassalle lehnte die Offerte dankend ab. Er wusste: Würde dieses Anerbieten publik werden, sähe er sich schnell unangenehmen Fragen ausgesetzt. Dessen ungeachtet war Bismarcks Hilfe im November erneut gefragt. Lassalle hegte gegen Berlins Polizeipräsidenten Otto von Bernuth den vagen Verdacht, als »Agent der Fortschrittlichen«, die Bismarck so hasste wie Lassalle, seine Kundgebungen zu behindern. Und Staatsanwalt Hermann von Schelling strengte sogar einen Hochverratsprozess gegen ihn an, weil er angeblich zum Umsturz aufgerufen habe. Untersuchungshaft drohte. Lassalle an Bismarck: »Wollen Ew. Excellenz in derselben [Sache] etwas tun, so bemerke ich, daß keine Stunde Zeit zu verlieren ist. Ruhe werde ich übrigens in Berlin nicht bekommen, bis Herr von Schelling versetzt ist.« Nun, der Staatsanwalt landete am Gericht in Glogau, der Sozialist in Haft. Jedoch nur kurz, sofort hinterlegte jemand (Gräfin Hatzfeld?) eine Kaution. Anfang 1864 muss Lassalle gemerkt haben, dass Bismarcks Interesse an Gesprächen mit ihm abkühlte. Zwischen den Zeilen seiner Schreiben liest man Resignation. Lag es daran, dass Bismarck Lassalles Memoranden und seines Insistierens müde wurde? Merkte er, dass der Sozialist ihm die Unterstützung nicht geben konnte, die er im Kampf gegen die Liberalen wollte? Nach Februar 1864 sind keine Treffen mehr dokumentiert.

Ferdinand Lassalle fand am 31. August 1864 in Carouge südlich von Genf bei einem Pistolenduell wegen einer Liebesaffäre den Tod. Bismarck hatte den bedeutenderen Teil seines Lebenswerks noch vor sich. Im Bestreben, Preußen in eine europäische Vormachtstellung zu rücken, arbeitete er daran, die deutschen Staaten (außer Österreich) unter der Kaiserkrone des preußischen Königs zu vereinen. Damit erfüllte sich den Deutschen ihr lang gehegter Wunsch nach staatlicher Einheit, wie sie heute als selbstverständlich wahrgenommen wird. Krieg und Diplomatie, »Blut und Eisen« waren Bismarcks Mittel. Dass bei allem Leid auf den Schlachtfeldern die Feldzüge gegen Dänemark, Österreich und Frankreich im Vergleich mit den Kriegen und militärischen Spezialoperationen der Jahrhunderte davor und danach, kurz waren (keiner dauerte länger als acht Monate): das war neben dem des Generalstabs auch sein Verdienst. Später balancierte der »ehrliche Makler« mit seinem Bündnissystem in Europas Mitte einen jahrzehntelangen Frieden. Vor kolonialen Aktivitäten warnte er, musste sie aber zulassen. Dankbar hielten die Deutschen sein Andenken hoch, baulich mit Aussichtstürmen und Denkmälern. Heute urteilt man strenger. Radikale Kritiker in Hamburg stellen gar das monumentale, seit Juli 2023 fertig sanierte Bismarckdenkmal im Elbpark, eine Sehenswürdigkeit der Hansestadt, als Ganzes in Frage.

Robert Koch (1843-1910): Der Name hat weltweit einen guten Klang. Der Arzt und Bakteriologe aus Clausthal im Harz verdankt ihn seinen epidemiologischen Arbeiten. Er findet die Erreger des Milzbrands, der Tuberkulose und Cholera, setzt sich vehement für Hygiene ein und erwirbt große Verdienste durch den Aufbau eines Instituts für Infektionskrankheiten 1890. Koch ist der Fünfte, der einen Nobelpreis für Medizin erhält, und zwar für seine Erfolge gegen die Tuberkulose.

Hedwig Freiberg (1872-1945) kommt aus kleinbürgerlicher Umgebung. Das Mädchen träumt davon, Schauspielerin zu werden, aber auch Künstlerin wäre sie gern. Ein Maler gibt ihr Unterricht. Sie sitzt ihm dafür Modell. Vermutlich in seinem Atelier begegnet sie Robert Koch, der sich in sie verguckt. Er lässt sich von seiner Frau scheiden, um sie zu heiraten. Hedwig gibt ihre beruflichen Ambitionen auf. An Kochs Seite genießt und erleidet sie das Dasein der Frau eines berühmten Mannes.

Robert Kochs und Hedwig Freibergs Wege kreuzen sich zum ersten Mal im Dezember 1889 wahrscheinlich am Berliner Lützowplatz bei Gustav Graef, der gerade an dessen Porträt arbeitet.

SPLITTER EINES BRIEFES Anfang Mai 1866: »Wir wurden durch Roberts Verlobung sehr überrascht, aber zugleich recht erfreut, damit sind Roberts abenteuerliche aufs Ausland gesteuerte Pläne alle erledigt. Hoffentlich findet er nun ein bescheidenes Plätzchen im Vaterland und wir werden noch viel Freude durch seine aufblühende Häuslichkeit haben.« Dr. med. Koch und Emmy Fraatz heirateten am 16. Juli 1866 in Clausthal. Sie war 19, er 22 Jahre alt.

Erinnerungssplitter an das Jahr 1890: Robert »besuchte meine damals bereits schwer kranke Mutter. Ich war ja so jung, dass er ohne deren Einwilligung gar keine Beschlüsse fassen konnte. Meine Mutter war empört über diesen Besuch.« Er beteuerte, sie möge »Vertrauen zu ihm haben, und mein Leben ruhig in seine Hände legen. Er würde mich so glücklich machen wie es menschenmöglich sei. Doch sie wollte nicht.« Der Geheime Medizinalrat Prof. Koch und Hedwig Freiberg heirateten am 13. September 1893 in Berlin. Sie war 21, seine Tochter 25, er 50 Jahre alt.

Der Brief von Mathilde Koch, Frau eines Hannoverschen Bergrats und Mutter von dreizehn Kindern, und die Notiz Hedwig Kochs geb. Freiberg über ihre schroffe Mutter: Dazwischen liegen 24 Jahre.

Robert Kochs Stern strahlte auch dank seiner Frau Emmy. In Langenhagen, wo er in der Erziehungs- und Pflegeanstalt für »geistesschwache und blödsinnige Kinder« (heute Psychiatrie des Klinikums Region Hannover) und als Landarzt arbeitete, und in Brätz (heute Brójce), Provinz Posen, lebte er noch allein. Frau und Tochter zogen erst in Niemegk, dem Ort seiner nächsten Praxis, zu ihm. Auch dort im Fläming war der Verdienst schmal. Emmy klagte ihrem Vater in Clausthal: »Es geht ungeheuer schlecht, wir müssen uns furchtbar einschränken und dabei doch noch sorgen, ob wir durchkommen.« Monate nach diesem Brief, im Juli 1869, zog die Familie nach Rakwitz (heute Rakoniewice) in die Provinz Posen, wo nun öfter Gespanne vor ihr Haus rollten, um den Arzt zu holen. Nach seiner kriegsbedingten Sanitätszeit in Frankreich erhielt

Koch 1872 die Stelle des Kreisphysikus in Wollstein (heute Wolsztyn), wiederum in Posen, im Dienst für Mensch und Tier bei Tag und Nacht. »Wenn dann die Glocke ertönte«, schrieb Tochter Gertrud, »wurde ich wach und weinte, weil mein armer Vater, den ich so unendlich liebte, wieder gestört wurde und hinaus musste in die Dunkelheit«, und wenn »er durchfroren nach Hause kam, stand schon die warme Rotweinsuppe in der Ofenröhre, für die meine Mutter gesorgt hatte.«

Das Obergeschoss des Hauses in der Straße am Weißen Berge 12 (heute Doktora Kocha) war – getrennt durch einen Wollvorhang – Praxis, Labor und Dunkelkammer zugleich. Und gewohnt wurde in der Wohnung auch noch. Kochs immenser Fleiß und die helfenden Hände der kleinen Familie schufen hier die Basis seines Weltruhms. Zellkulturen waren zu züchten, Nährböden zu kochen (statt, wie bis dahin üblich, Kartoffelscheiben zu schneiden), Kaninchen, Meerschweinchen und vor allem graue Hausmäuse zu füttern, zu impfen, ihre Kadaver zu verbrennen und auf Zuruf immer wieder die Gardinen zu bewegen, um Sonnenlicht optimal auf die Objekte unter Okular und Kamera zu lenken – bis der Milzbranderreger isoliert unter der Linse lag. Am 30. April 1876 zeigte der Amtsarzt den bacillus anthracis den Pflanzenphysiologen der Breslauer Universität. Eine Sensation. Neidlos stellten die Herren ihm ihre Apparaturen zur Verfügung. Koch forschte möglichst daheim. Die damals siebenjährige Tochter hing neugierig an seinem Tisch und half so gut sie konnte. Eines Tages, witzelte Koch, »können Papa und Mama den ganzen Tag im Lehnstuhl sitzen, und unser liebes Trudchen wird für uns kochen und mikroskopieren und Rezepte schreiben.«

Die arbeitsfreudige Familienidylle endete im Sommer 1880 mit Kochs Berufung nach Berlin. Der Bakteriologe bezog in leitender Position ein modernes Labor am Kaiserlichen Gesundheitsamt, Luisenstraße 57 (ab 1896 in der Klopstockstraße 18) und mit Frau und Tochter eine Fünf-Zimmer-Wohnung in der Chausseestraße 118, später eine im Hansaviertel, Brückenallee 39 (heute etwa Hanseatenweg 6). Koch nahm den Kampf gegen die Schwindsucht auf, *die* verheerende Seuche jener Zeit. Schon am 24. März 1882 konnte er der Berliner Physiologischen Gesellschaft in der Dorotheenstraße 96 Erfolg melden. Der Tuberkelbazillus war entdeckt. Endlich! Koch wurde mit Ehrungen überhäuft, noch mehr bei seiner Rückkehr aus Indien 1884. In Kalkutta hatte er den Vibrio cholerae entdeckt, der Millionen Opfer forderte bis nach Europa. Koch kämpfte weiter in Labor und Hörsaal, auf Kongressen und mit Aufsätzen. Für Asepsis, Hygiene, Desinfektion, Abwasserbeseitigung und ein – wirkungsloses – Heilmittel gegen Tbc. Je mehr Zeit aber sein Beruf forderte, desto weniger hatte er für Emmy. So nah und unentbehrlich wie einst in Posen waren sich die Eheleute nicht mehr. Im März 1888 heiratete »Trudchen« einen Mitarbeiter von Koch. Traurig sah er seinen Liebling, wohl auch das Scharnier der Ehe, fortgehen. Am 2. Juni 1893 waren Robert und Emmy geschieden, rechtlich und räumlich. Sie kehrte heim nach Clausthal, wo Robert ihr das Koch'sche Familienhaus mit der Maßgabe übereignete, es ihrer Tochter zu vererben. So geschah es 1913.

»An einem frühen Winterabend [Ende] des Jahres 1889 gingen ein ältlicher, nachlässig mit schlecht sitzendem Anzuge bekleideter, kränklich und überarbeitet aussehender Mann [...] und ein sehr junges, sehr hellblondes, noch ganz kindhaftes Mädchen durch den tief verschneiten Berliner Tiergarten. Der Schnee knirschte unter ihren Füssen und die goldene Victoria auf der alten Siegessäule schien hinter dem mondscheindämmrigen Schleier der tanzenden weißen Flocken mitzuschwingen im Tanze. [...] Dieses Bild hat sich mir deshalb so unvergesslich eingeprägt, trotzdem ich seit damals in nunmehr fast genau einem halben Jahrhundert an allen Grenzen der Erde und an allen Grenzen des Lebens gestanden habe, weil jener Gang durch den Tiergarten der Ausgangspunkt zu meinem Lebensschicksal geworden ist.«

Der ältliche Mann war Robert Koch, das Mädchen hieß Hedwig Freiberg, und von ihrer Hand ist die Schilderung dieser angeblich ersten Begegnung. Über Hedwigs Herkunft ist wenig bekannt. Das Paar galt als Mesalliance. Denn Hedwig war unehelich und – laut Heiratsurkunde – »ohne besonderen Stand«. Ihre Mutter in der Kleinen Hamburger Straße 22 verdiente sich ihr Auskommen als Schneiderin. Sie heiratete einen Friseur und hieß dann Nowack. Hedwig liebte die Schauspielkunst. Als sie Robert Koch kennenlernte, stand sie am Berliner Theater in der Charlottenstraße 90-92 auf der Bühne. Der Stadtklatsch folgerte, dass sich der Geheimrat dort in die »Dirne« verguckt habe. Hedwigs zweite Passion war das Malen. Sie nahm Stunden bei dem prominenten Porträtmaler Gustav Graef, dem sie auch Modell stand. Bei ihm am Lützowplatz 10 (heute Eingang zum Hotel Berlin, Berlin) begegnete ihr Robert Koch: »Wir kamen aus dem Atelier eines bekannten Berliner Kunstmalers, der zu jener Zeit mein Lehrer war, da ich Malerin werden wollte, und der gerade damals Koch porträtierte.«

Ihr erster Eindruck muss ihn überwältigt haben, denn sofort warb er um sie, heftig und zäh. »Verlass mich jetzt nicht,« schrieb er ihr 1891 ängstlich aus Ägypten, »Deine Liebe ist mein Trost und mein Stern, zu dem ich aufschaue.« Die zerrüttete Ehe und, in Hedwigs Worten, seine Sehnsucht »nach einem Menschenwesen, das im Stande sei, seelisch wirklich mit ihm zu schwingen und ihn aus seiner Einsamkeit zu befreien« erklären, was den Professor befähigte, einen dreijährigen Scheidungsprozess durchzustehen, der ihn nicht nur ein Viertel seines Einkommens als Unterhalt für Emmy kostete, sondern auch Prestige: Der Kaiser, der Kochs Erfolge eigentlich wertschätzte, weigerte sich, den skandalbelasteten Nobelpreisträger zu adeln. Wenigstens zum Wirklichen Geheimen Rat reichte es 1907. Kochs junge Geliebte war gebildet, fremdsprachlich versiert, zeigte Interesse an seiner Arbeit, und einnehmend war sie außerdem.

Was aber bringt eine 17-Jährige dazu, einen 29 Jahre Älteren lieb zu gewinnen, ja, ihn zu heiraten? Die Antwort tippte sie 1939 in die Schreibmaschine, 29 Jahre nach seinem Tod und sechs vor ihrem: Gewiss schmeichelte ihr, dass sich ein Berühmter so um sie bemühte. Besonders berührte sie aber, wie Robert ihr gleich sein Herz ausschüttete. »Und ich sah, wie dem als eisern und verschlossen bekannten Manne ein paar verlorene Tränen in den Bart rollten und in der eisigen Luft dort [an jenem Abend im Tiergarten] festfroren. – Es war das erste Mal in meinem Leben, dass ich einen Mann weinen sah, und ich habe es niemals vergessen!!« Da »musste ich Mitleid mit ihm haben und ich bewunderte ihn ja auch seiner Leistungen wegen.« Ihrer Mutter versuchte sie vergebens einzureden, dass

Robert und Hedwig Koch in Japan, 1908

sie dem »Mann, der schon so vieles für die Menschheit getan habe,« als Dank »dieses Geschenk meines Lebens« darbringen wolle. Robert Koch seinerseits reiste ihr im Juni 1893 bis Palermo nach, um sie mit der Botschaft zu überraschen, dass er nun frei sei. Jetzt das Ja-Wort verweigern? Unmöglich! Gut 13 Wochen nach Kochs Scheidung heirateten sie. Gustav Graef war Trauzeuge. Die Mutter fehlte aus Protest. Das Band zur Tochter zerriss.

Robert Koch lebte auf, wurde gelöster, heiterer, musizierte und besang sie als sein »Ännchen von Tharau«. Hedwig erhielt im neuen Heim, Ahornallee 30 in Westend, ein Malatelier, verbrachte aber auch viel Zeit an seinem Schreibtisch. In den Flitterwochen reisten sie auf dem Nil. Forschungsreisen durchstanden sie oft gemeinsam, wo Tropenkrankheiten grassierten, in den britischen und deutschen Kolonien in Süd- und Ostafrika, Indien und Neuguinea. Hier erkrankte Hedwig an Malaria. Robert schickte sie heim nach Berlin. Er blieb, die Arbeit vor Ort war ihm dringlicher. Ein angeheuerter »Menschenfresserjunge« begleitete sie. Hedwig überlebte die kräftezehrende, monatelange Passage; gänzlich genas sie nie. In Stockholm, Rom, London, Paris, Washington genossen sie Kochs Ehrungen, geradezu überschwänglich in Japan 1908. Von dort kam O Hana San mit, ihr Dienstmädchen im neuen Domizil am Kurfürstendamm 52. Bei allen Preisen und Reisen, Hedwig Koch dachte an ihre Ehe auch mit Bitterkeit: wegen ihrer Kinderlosigkeit (sie wusste vor der Heirat von Roberts Vasektomie), wegen Kochs intensiver Forschungsarbeit, an der sie als Testperson (wie er selbst) zwar riskant teilnahm, die ihr aber den Gatten entzog, wegen seiner an Geiz grenzenden Bescheidenheit, an die sie sich anpassen musste, und weil es nach seinem Tode 1910 keine stille Stätte gab, »um sich mit der Seele des Verstorbenen unterhalten zu können.« Noch heute steht seine Urne in dem 1912 nach ihm benannten Robert-Koch-Institut (RKI), das er von dessen Gründung 1891 bis zur Pensionierung 1904 leitete. Die Witwe blieb in Berlins Gesellschaft recht isoliert. Sie liebte weiter, weit zu reisen, nach Griechenland, Italien, nach Japan, wo Koch noch heute in hohem Ansehen steht, nach Britisch- und Hinterindien, China, in den Tibet, und wurde Buddhistin.

Ihre Wohnung, seit 1935 in der vierten Etage der Halberstädter Straße 7 in Berlin-Halensee, war schon Anfang 1942 durch eine Bombe beschädigt. Sie litt gesundheitlich und unter der sich verschlechternden Versorgungslage. Im August 1943 vermittelte eine Bekannte »Ihre Exzellenz« (auf den Titel legte Hedwig Wert) in eine Pension in Marmecke im Sauerland, von wo sie nach vier Monaten in einen Gasthof in Gleierbrück umzog. Am 16. Juni 1945 starb sie im Franziskus-Krankenhaus in Elspe. Ihre Ruhestätte in Saalhausen (wie Gleierbrück und Elspe heute Ortsteil von Lennestadt) gibt es nicht mehr. Der Stadtdirektor hatte 1985 beim RKI angefragt, ob es ein Dauergrab einrichten wolle. Man verneinte, aber eine Gedenktafel wäre denkbar. Auch dazu kam es nicht.

Walther Rathenau (1867-1922) erwartet als ältesten Sohn des AEG-Gründers Emil Rathenau eine glänzende Zukunft. Er studiert mehrere Fächer, zuletzt Maschinenbau, promoviert und leistet seinen Wehrdienst in einem Garderegiment ab. Er tritt in die Firma seines Vaters ein und bewahrt sich die Muße, seine philosophischen Gedanken zu veröffentlichen. Als Jude kann er im Staatsdienst keine Karriere machen – und macht es doch: Im Weltkrieg sind sein unternehmerisches Können und die Auslandsverbindungen gefragt. Er erhält die Leitung der kaiserlichen Rohstoffabteilung. Nach dem Krieg wird er, Mitglied der Deutschen Demokraten, Reichsaußenminister. Rechtsradikale ermorden ihn.

Karl Radek (1885-1939) ist das Pseudonym eines polnischen Österreichers deutscher Sprache und jüdischer Konfession. Er selbst betrachtet sich zuvörderst als Kommunist. Sein journalistisches Talent kommt ihm dabei zugute. Im Jahre 1907 emigriert er ins Deutsche Reich, tritt der SPD bei und wird bald als zu radikal ausgeschlossen. In der Schweiz schließt er sich Lenin an, den er 1917 auf dessen berühmter Bahnfahrt Richtung Russland begleitet. Als er Anfang 1919 in Berlin versucht, Kontakt zwischen Bolschewiki und KPD zu knüpfen, wird er im Zellengefängnis Moabit inhaftiert. Nach seiner Freilassung engagiert er sich für den Aufbau des Sozialismus in Russland. Stalin lässt ihn töten.

Rathenau besucht Radek mehrmals im Gefängnis, wo er einen »Salon« führen darf. Sie tauschen sich über Politik und Ökonomie aus. Die erste Visite findet im September 1919 statt.

EINER MUSS ES GEWESEN SEIN, der Besucher oder der Häftling. Beide behaupteten jedenfalls, der jeweils andere hätte die Begegnungen gewünscht, der Mann aus der Grunewald-Villa und der im Moabiter Gefängnis. Keiner wollte schwächer erscheinen. Nicht der Unternehmer und Politiker, nicht der Journalist und Politiker, nicht Walther Rathenau, nicht Karl Radek.

Unterschiede zwischen ihnen gab es reichlich, Gemeinsamkeiten kaum, Sympathien gar nicht. Radek über Rathenau: »Schon bei der ersten Begegnung fielen mir seine bedeutendsten Eigenschaften auf: eine hervorragende abstrakte Geisteskraft, der Mangel an jeglichem Einfühlungsvermögen und eine krankhafte Eigenliebe.« Rathenau über Radek: »ein ungewöhnlich intelligenter und interessanter Bursche«, »zweifellos klug und witzig, aber ein schmieriger Kerl, der echte Typus eines gemeinen Judenjungen.« Fürwahr, Freunde wurden sie nicht, aber Gesprächspartner – bei Radek im Zellengefängnis Lehrter Straße, 1952 abgerissen, nicht weit vom heutigen Berliner Hauptbahnhof.

Die Zwei waren nach Alter und Herkunft weit voneinander entfernt. Rathenau, Jahrgang 1865, war der erste Sohn von Mathilde und Emil Rathenau, des Gründers des ab 1887 »Allgemeine Elektricitäts-Gesellschaft« (AEG) firmierenden Weltunternehmens. Materiell komfortabel ausgestattet, hätte Walther Garde-Reserve-Offizier werden und seine künstlerischen und geistigen Talente ausleben können. Doch hinderte ihn daran erstens als »Bürger zweiter Klasse« sein jüdisches Bekenntnis und zweitens der Vater, der ihn dereinst an der Spitze der AEG wollte. Walther beugte sich und hatte, als sein Vater im Juni 1915 starb, viel erreicht: einen Doktorhut in Physik, technisches und kaufmännisches Knowhow, Sitze in einer Vielzahl von Aufsichtsräten, internationale Kontakte, die Präsidentschaft der AEG – nicht aber den Chefsessel des Vaters. Den rückte sich als Generaldirektor Felix Deutsch zurecht.

Nebenher strebte Rathenau in die Politik, ins Reichskolonialamt zuerst, dann kandidierte er als Nationalliberaler für den Reichstag. Allein, die Türen blieben ihm verschlossen. Er war halt Jude, so assimiliert zwar, wie er es in dem Traktat *Höre Israel!* (1897) von seiner (wie er schrieb:) »Rasse« wünschte, aber was half es! Er war Jude. Die Taufe erschien ihm keine Option, schon gar nicht auf der Suche nach dem erdachten »Reich der Seele«, einer staatenlosen, sozial gerechten, ökonomisch »versittlichten« Ökumene von Christen und Juden.

Im Ersten Weltkrieg, in Rathenaus Augen ein Verhängnis, war seine ökonomische Expertise gefragt. Neue Türen öffneten sich nun. Gleich am 13. August 1914 setzte er die Kriegsrohstoffabteilung im Preußischen Kriegsministerium in Gang, um Deutschlands Ressourcen zu erfassen und zu verwalten. Er leitete die Abteilung bis 31. März 1915, beriet die Oberste Heeresleitung aber auch noch danach. Zugleich formten sich ihm Gedanken, wie Staat, Privatwirtschaft und Arbeitnehmer ein neues, austariertes Verhältnis zueinander finden konnten. Am Vertrag über den reichsweiten Acht-Stunden-Arbeitstag vom 15. November 1918 war er maßgeblich beteiligt. Die russische Oktoberrevolution elektrisierte ihn, und nun kam einer nach Berlin, der ihm aus erster Hand davon berichten konnte, Karl Radek.

Radek heißt der arme, aufsässige Gymnasiast in Stefan Żeromskis Roman *Syzyfowe prace* (Sisyphusarbeiten). Karl Bernhardowitsch Sobelsohn liebte diese Figur. Geboren wurde Karl – vermutlich 1885 – zu Lemberg (heute Lwiw) in die jüdische Familie eines kaiserlich österreichischen Postbeamten und einer äußerst gebildeten Lehrerin. Die Sobelsohns pflegten deutsche Kultur. Karl, eine Leseratte wie seine Mutter Sophie, adaptierte den Namen »Radek« aus Żeromskis Buch als Pseudonym.

Eine »Mischung aus einem Professor und einem Banditen«, so beschrieb ihn ein britischer Diplomat. »Ein kleiner Mann mit einem großen Kopf, abstehenden Ohren, [...] mit Brille und einem großen Mund mit gelben tabakverfärbten Zähnen, [...] einen Packen Bücher unter seinem Arm und einen riesigen Revolver umgeschnallt.« Eine »groteske Gestalt«, aber welch ein Leben: abgebrochenes Jurastudium, Journalist bei diversen linken Zeitungen, Teilnahme an der russischen Revolution 1905, Trauung mit der angehenden Ärztin Rosa Abramowicz 1909, von den Sozialdemokraten Polens und Deutschlands erst aufgenommen, dann hinausgeworfen, Exil in der Schweiz, von dort die berühmte Bahnfahrt mit Lenin und Entourage in plombierten Waggons Richtung Russland, in Stockholm Leiter der Außenstelle der Russischen Sozialdemokratischen Arbeiterpartei, in Petrograd (heute wieder St. Petersburg) einer der führenden Bolschewiki, Friedensverhandlungen in Brest-Litowsk 1918, der Regierungsumzug von der Newa an die Moskwa, nunmehr wohnhaft mit seiner Frau und der soeben geborenen Tochter Sophie im Luxushotel Metropol mit direktem Telefondraht zu Lenin im Kreml.

Der gab ihm den Auftrag, die deutsche Revolution zu sondieren. Eine Fahrkarte nach Berlin erhielt er, aber keine Einreisegenehmigung. Mit falschem Pass und in österreichischer Uniform stieg er am 19. Dezember 1918 in Berlin aus der von der russischen Grenze kommenden Ostbahn. Mit ihm übrigens der Genosse Ernst Reuter, Volkskommissar der Wolgadeutschen, ab 1948 antikommunistischer Oberbürgermeister West-Berlins. Radeks Anwesenheit fiel bald auf. Am 16. Januar erging Haftbefehl, am 12. Februar ermittelten ihn Polizisten bei Frau Callmann, der Witwe eines Militärarztes im Parterre der Paulsborner Straße 93. Nach einigem Hin und Her zwischen Justiz und Militär ließ ihn der Freikorps-Führer Oberst Wilhelm Reinhard im Keller des von ihm besetzten Zellengefängnisses Moabit anketten. Radek hörte Schreie und Schüsse. Sollte es ihm ergehen wie Karl Liebknecht und Rosa Luxemburg?

Nein, es kam ganz anders. Zum einen fand der Untersuchungsrichter Dr. von Ziethen außer Urkundenfälschung nichts, was sich Radek zur Last legen ließ. Zum anderen ernannte die ukrainische Sowjetregierung am 5. März Radek zu ihrem Botschafter in Berlin und die russische nahm Deutsche als Geiseln fest, um ihn freizupressen. Kein Wunder: peu à peu besserten sich Radeks Haftbedingungen. Man nahm ihm die Ketten ab, verlegte ihn in die hellere dritte Etage des Gefängnisses, und am 20. März konnte er seiner Frau schreiben: »Ich habe eine saubere Zelle, kriege von außen genug Nahrung, Bücher. Arbeite den ganzen Tag, habe das englische wieder repariert«, aufpoliert mit Shakespeares Hilfe. Als Bücher, Zeitungen und Papier sich stapelten, zog er samt Schreibtisch um in eine Doppelzelle.

Ab 15. August 1919, das Strafverfahren war eingestellt, wartete Radek als »Schutzhäftling« auf seine Abschiebung nach Moskau. Er durfte nun in einer unbenutzten Beamtenwohnung auf dem Gefängnisgelände Gäste empfangen. Das Reichswehrministerium regelte die Besuche und ließ sie bewachen, aber nicht belauschen. Es etablierte sich ein »politischer Salon«. Auf einem roten Plüschsofa gewährte Radek, der ukrainische Botschafter, wie es manche nannten, »Audienz«. Mal kam ein Genosse oder eine Genossin, mal der Publizist Maximilian Harden, um ihn als Autor zu werben, mal die geflohenen türkischen Minister Talat und Enver Paşa, auf Asyl in Moskau hoffend. Und dann, an einem Septembertag trat – unangekündigt, behauptet jedenfalls Radek – der berühmte Walther Rathenau durch die Tür. Er tat das nicht nur einmal. Wöchentlich an zwei Tagen war ihm ein einstündiger Besuch erlaubt. Der Bourgeois war persönlich gespannt auf den Bolschewiken, für die AEG verfolgte er wirtschaftliche Interessen und als Mitglied des vorläufigen Reichswirtschaftsrats trieben ihn auch nationale. Zwei passionierte Raucher gaben sich nun Feuer beim Streit über den absterbenden, aufstrebenden Kapitalismus und den verheißungsvollen, zukunftslosen Bolschewismus, und zitierte Radek Marx, so empfahl Rathenau: »Lesen Sie meine Bücher. Marx schuf nur die Theorie der Zerstörung. In meinen Büchern finden Sie die Theorie des konstruktiven Sozialismus.« In einem waren sie sich einig, Radek merkte sich Rathenaus Worte »Sowjetrussland wird nicht besiegt werden« und seine Warnung »vor der Überschätzung unserer Siege. Die Hunnen hätten auch gesiegt. Die Frage bestehe darin, ob wir eine neue Ordnung schaffen könnten«, denn »nur unter der Führung der Aristokratie des Geistes könne die Arbeiterklasse eine neue Gesellschaft schaffen.« Radeks Lächeln reizte Rathenau: »In Deutschland ist der Sieg der Revolution auf Jahre hinaus unmöglich. Der deutsche Arbeiter ist ein Philister. Wahrscheinlich werde ich in einigen Jahren als Techniker zu Ihnen kommen, und Sie, die sowjetischen Herren, werden, in seidenen Gewändern wandelnd, mich als alten Bekannten im Kreml empfangen.« Radek verstand nicht. Seidene Gewänder? Rathenau erläuterte: »Weil Sie nach langen Jahren der Askese, des illegalen revolutionären Lebens, nach dem Sieg den Wunsch verspüren werden, das Dasein zu genießen.« Welcher der beiden Intellektuellen kannte die Menschen besser?

Am 6. Dezember verließ Radek das Gefängnis. Er zog, weiterhin bewacht, an den Tiergarten in die vornehme Sigismundstraße 5. Eugen Freiherr von Reibnitz, ein völkischer Bolschewist, gab ihm Logis. Am 10. Januar 1920 kam AEG-Chef Felix Deutsch zu Besuch, ein andermal auch im Beisein Rathenaus. Dieser, erinnerte sich Deutsch, äußerte den »Eindruck, daß heute schon hinter der Fassade des Bolschewismus eine militärische Oligarchie sich verbirgt und daß, wenn wir uns vielleicht in einigen Jahren wiedersehen, sie eine richtige [...] Oligarchie mit einigen Juden an der Spitze sein wird.« Na und, fragte Radek, ob »das denn so schlimm« wäre. Am 15. Januar überstellte die Polizei seine Exzellenz, den sonderbaren Botschafter, nach Schöneberg in die Wohnung von Gustav Schmidt (Kaiser-Friedrich-Straße 5, parterre, heute Willmanndamm 9).

Der Kriminalkommissar passte auf Radek auf – und öffnete dessen Gästen. Felix Deutsch kam noch einmal und erklärte, dass der Kommunismus keine Chance habe. Anderntags war die Genossin Clara Zetkin, »wie immer munter«, gegenteiliger Meinung. Nach einem Monat verabschiedete sich Radek von Schmidt. Er durfte zurück nach Moskau.

Zwei Jahre später trafen sich Rathenau und Radek in Berlin wieder, beide von ihren Regierungen bevollmächtigt, Felder für Kooperationen auszuloten. Die geheimen Konsultationen, so kontrovers sie auch verliefen, ermöglichten am 16. April 1922 den deutsch-russischen Vertrag zu Rapallo. Als er am 17. Juli im Deutschen Reich Gesetzeskraft erlangte, war Rathenau schon tot, am 24. Juni 1922 Opfer einer Bande rechtsextremer Antisemiten. Unnatürlich starb auch Radek. Als seinen angeblichen Feind ließ ihn Stalin 1937 in einem Schauprozess zu zehn Jahren Haft verurteilen und am 19. Mai 1939 im Gefängnis von Verchneural'sk im Ural erschlagen. Radeks Familie war, so unschuldig wie er, zu Sippenhaft verdammt. Seine Frau Rosa starb 1941 in einem Gulag auf der Halbinsel Kola. Die Tochter Sophie, von 1937 bis 1956 in Arbeitslager und Verbannung, erlebte 1988, wie der Oberste Gerichtshof der UdSSR ihren Vater rehabilitierte. Ein, wenn überhaupt, später Trost.

Christopher Isherwood (1904-1986) aus Cheshire kommt im April 1929 erstmals nach Berlin, um seinen Freund W. H. Auden zu besuchen. Ihn fasziniert die Schwulenszene und die weltoffene Stadt. Als sie es nicht mehr ist, verlässt er sie im Mai 1933. Unruhig tourt er durch Europa und geht 1939 in die USA. In Santa Monica, Kalifornien, findet er seine Bleibe. Er macht schriftstellerisch Karriere. Die Berliner Jahre nehmen einen besonderen Platz ein, vor allem Jean Ross. Sie steht als Sally Bowles im Mittelpunkt seiner Erzählung *Goodbye to Berlin* (1939) und des Musicals *Cabaret* (1966).

Jean Ross (1911-1973), in Alexandria geboren, in Surrey aufgezogen, will zum Film. Enttäuscht von ihrem Start, sucht sie ihr Glück in Berlin, der Weltmetropole der Zwanzigerjahre. Als Fotomodell, Komparsin und Sängerin in Nachtclubs schlägt sie sich durch. Der homosexuelle Isherwood erlebt mit ihr und ihren Liebhabern eine spannende Zeit. Angewidert vom nationalistischen Terror, kehrt sie im August 1932 nach England zurück. Sie arbeitet beim Film als Übersetzerin und nach ihrem Eintritt in die Communist Party of Great Britain als Journalistin linker Zeitungen.

Isherwood und Ross lernen sich Ende 1930 kennen. Sie wohnen zusammen in einer Pension in Schöneberg, Nollendorfstraße 17.

FAKT UND FIKTION literarischer Prosa sind nie deckungsgleich. Eine Binsenweisheit. Scheinbar aufgehoben ist diese Inkongruenz in Christopher Isherwoods Roman *Mr Norris Changes Trains* (1935) und mehr noch in *Goodbye to Berlin*, so fotografisch genau zeichnet der in Berlin heimisch gewordene Engländer darin seinen Kiez und die Menschen mit sich selbst als Ich-Erzähler. Man möchte glauben, alles sei so gewesen, wie es der Roman vor Augen führt, die Häuser, die Handlung und die Handelnden. Doch gibt der Autor zu bedenken: »Nur weil ich dem Ich meiner Erzählung meinen eigenen Namen gegeben habe, dürfen Leser nicht annehmen, dass seine Seiten rein autobiografisch sind oder dass seine Charaktere verräterisch exakte Porträts lebender Personen seien. ›Christopher Isherwood‹ ist nur eine handliche Bauchrednerpuppe, mehr nicht.«

Der wahre Christopher Isherwood, Sohn eines 1915 gefallenen Offiziers, erhielt eine erstklassige Ausbildung an zwei Public Schools (akademisch scheiterte er). An der ersten Schule, St. Edmund's in Hindhead, Surrey, fand er einen Freund in Wystan Hugh (»W. H.«) Auden, dem späteren Lyriker. Auden zog es 1928 nach Berlin, an einen Hotspot der »roaring twenties« oder, so der amerikanische Historiker David Clay Large, ein »laboratory of the apocalypse«. Auden meldete Isherwood: »Berlin means boys. A *dream* for *gays*«. Die Neugier des (Schul-) Freunds war geweckt. Isherwood kam auf ein paar Tage zu Besuch und fand Auden in fester Beziehung. Er lernte den homosexuellen Soziologen Magnus Hirschfeld und sein Institut für Sexualwissenschaft kennen. Dessen Museum stieß den jungen Isherwood ab. Die pornografischen Fotos und ausgestellten Fetische nötigten ihn, so schrieb er im reifen Alter, »seine Verwandtschaft mit diesen Typen, die fast wie aus einer Abnormitätenschau wirkten, und mit ihren ekelhaften Praktiken einzugestehen.« Berlin eine moderne Partnerstadt von Sodom, Babylon und Gomorrha?

Mitten hinein in das Sündenbabel begab sich Isherwood am 29. November 1929, um dort zu leben. Er fand eine erste, teure Unterkunft in der Tauentzienstaße 4, keine Bleibe auf Dauer. Sparsamkeit war geboten. Er musste auskommen mit den Quartalszuwendungen eines reichen Onkels und dem Verdienst aus seinen Englischstunden. Der Roman, an dem er schrieb (*The Memorial*), brachte noch keine Einkünfte. Ein erster intimer Freund, der englische Archäologe Francis Turville-Petre, besorgte ihm eine Unterkunft an der Spree In den Zelten 9a (heute am östlichen Nebeneingang des Hauses der Kulturen der Welt). Dort, in einem Seitengebäude von Hirschfelds Institut, lebte Recha Tobias. Einige Zimmer ihrer großen Wohnung vermietete sie an Logiergäste. »Falls ihr hin und wieder Beischlafgeräusche ans Ohr drangen, dann beschwerte sie sich nie«, schrieb Isherwood und vermutete: »Vielleicht war sie im Prinzip sogar damit einverstanden – schließlich war sie ja Hirschfelds leibliche Schwester.« Ein Stolperstein erinnert an ihren Tod 1942 in Theresienstadt.

Im Oktober 1930 nahm Isherwood das Angebot einer Arbeiterfamilie an, bei ihr einzuziehen. Er hatte sich in den 16- oder 17-jährigen Walter Wolff verliebt, und dieser erwiderte die Zuneigung. Die Hinterhauswohnung befand sich in Kreuzberg unter dem schadhaften Dach des Hauses Simeonstraße 4 (heute: nahe Franz-Künstler-Straße 5). Walter ging keiner Arbeit nach, sondern den Mädchen. Sein Vater malochte als Möbelpacker. Der Krach in der fünfköpfigen Familie, der Klamauk im Hinterhof, die Enge der kleinen Wohnung, der penetrante Geruch aus der Küche inspirierten den Schriftsteller gar nicht. Einen Monat hielt er es aus, dann fand er nicht weit weg in der Admiralstraße 38 am Kottbusser Tor ein Zimmer für sich allein.

Im Dezember 1930 schließlich zog er in die geräumige, dunkle, abgewirtschaftete Wohnung von Meta Thurau in der Nollendorfstraße 17, 2. Obergeschoss links. Hier im Kiez der Schwulen fühlte er sich wohl. Was er beobachtete, verwendete er literarisch. »Frl.« Thurau, Mitte fünfzig, lebte als Privatiere von der Vermietung ihrer Zimmer. Bad, Toilette und Küche benutzten ihre vier Gäste und sie gemeinsam. »Issiwu«, so sprach sie den Namen ihres Untermieters aus, beschrieb, wie sie »mit Filzpantoffeln und einem geblümten Morgenrock« durch die Zimmer »watschelte«, Staub wedelte und nebenher »ihre kurze, spitze Nase in die Koffer und Schränke ihrer Untermieter« steckte. Sie machte Frühstück, manchmal auch

Abendbrot und wenn dem Engländer nach Tee war, so goss sie welchen auf. Im Wohnzimmer legte sie sich, hatte es der letzte Gast abends verlassen, schlafen, bis es morgens der erste wieder betrat. »Muss Liebe schön sein«, sagte sie dann manchmal. Ihr Schlaf war seicht.

Sie genoss große Achtung bei Herrn Issiwu und schätzte an ihm die höfliche, elegante Art des Gentleman und, dass er – anders als die anderen Gäste – pünktlich Miete zahlte und die Möbel schonte. Sofort einverstanden war sie daher, als Isherwood Ende 1930 für ein freiwerdendes Zimmer als Nachmieterin eine 19-jährige Frau vorschlug, die seit zwei Monaten in Berlin war: Sally Bowles heißt sie in *Goodbye to Berlin* und Sally Bowles heißt sie im Musical *Cabaret* (1966), dem verfilmten Welterfolg (1972; Regie: Bob Fosse; Hauptrollen: Michael York und Liza Minelli). Ihre wahre Identität hielt Isherwood geheim, und als ein aufdringlicher Journalist sie sehr viel später in England direkt fragte, ob sie die Sally Bowles sei, fuhr sie ihn an: »Ja, und jetzt hauen Sie ab.« Unverkennbar Jean Ross!

Jeans Existenz war anfangs verkracht. Die gutsituierten Eltern (der Vater war in Alexandria im Baumwollgeschäft tätig) schickten sie auf exquisite Schulen in Leatherhead, Surrey, und im schweizerischen Neuchâtel. Von der ersten Schule gelangweilt, gelang Jean der Rauswurf, indem sie vorgab, schwanger zu sein. Auch die zweite Schule verließ sie vorzeitig. Finanziert von ihrem Großvater, immatrikulierte sie sich an der Royal Academy of Dramatic Art in London. Man suchte sie aus für eine kleine Rolle in dem Klamaukfilm *Why Sailors Leave Home* (1930; Regie: Monty Banks). Am Set freundete sie sich mit einer zwei Jahre jüngeren, wie sie in Ägypten geborenen Deutsch-Ungarin an, Marika Rökk. Die beiden spielten zwei niedliche orientalische Sklavinnen. Größere Leinwandpräsenz erhofften sie sich in Berlin. Marika landete tatsächlich beim Film, Jean in Berlins Westen auf den Bühnen von Nachtclubs und der Couch eines von ihr begeisterten Barons, Franz von Ullmann, von dem Isherwood meinte, er sei gar keiner. Bei Ullmann begegneten sich Jean und Christopher, und gleich zog sie ihn in den Pulk ihres expandierenden Bekanntenkreises. Ihr neuer Darling sah blendend aus, sprach Englisch wie sie und seine Gelassenheit weckte ihr Vertrauen. Ihm konnte sie alles mitteilen. Ganz ungeniert in der Nollendorfstraße 17 in ihrem oder seinem Zimmer. Ihre großen, wachen Augen, das lange, schmale Gesicht, ganz blass ohne die grelle Schminke, die nachlässige Kleidung, ihr Bubikopf, Zigarette zwischen den grünlackierten Nägeln ihrer angegilbten Finger, passte all das zu einer Muse eines Schriftstellers? Ja, es passte. Jean war Christophers aufregendste weibliche Begegnung. Als Romanfigur verhalf sie ihm zu Ruhm. Etwa fünf Monate lebten die promiske Frau und der schwule Mann Tür an Tür bei Meta Thurau. In Verbindung blieben sie ein Leben lang. Sie regte ihn an zu Dialogen wie diesem aus *Goodbye to Berlin*:

»›Ich würde mich durch Liebe nie in meiner Arbeit stören lassen. Die Arbeit geht immer vor. Aber ich glaube nicht, dass eine Frau eine große Schauspielerin sein kann, wenn sie keine Affären gehabt hat –‹ Plötzlich brach sie ab: ›Warum lachst Du, Chris?‹

›Ich lache gar nicht.‹ [...]

›Aber Du bist nicht in mich verliebt, oder?‹

›Nein. Ich bin nicht in Dich verliebt.‹

›Dann bin ich mächtig froh. Seit wir uns zum ersten Mal begegneten, wollte ich, dass Du mich magst. Aber ich bin froh, dass Du mich nicht liebst, weil, irgendwie kann ich Dich unmöglich lieben. Wenn Du also in mich verliebt wärst, dann wäre alles verdorben.‹«

Nein, intim werden konnten sie nicht, aber gute Freunde sein. Jean versuchte nie, ihn zu verführen und er sie sowieso nicht. Sie schliefen nur dann nebeneinander, wenn frühmorgens am Ende einer Sause mehr Leute zu Frau Thurau hinaufpolterten als sie Matratzen hatte. An einem Regentag klagte Jean Christopher: »Schade, daß wir nicht miteinander schlafen können, es gibt sonst gar nichts zu tun.« Das sagte alles. Einmal aber spielte er dennoch ihren Lover, als sie nämlich 1931 einen Arzt für eine Abtreibung suchte – und einem Kurpfuscher lebensgefährlich in die Fänge geriet. Der wahre Geliebte war vermutlich (woher sollte sie das so genau wissen?) der spätere Schauspieler Peter van Eyck. Er hielt sich tunlichst fern.

Isherwood fand seine Liebhaber – am liebsten blonde, muskulöse Proletarier – in den einschlägigen Lokalen, vor allem im »Eldorado« Motz- Ecke Kalckreuthstraße 11 und in »Noster's Restaurant zur Hütte«, besser bekannt als »Cosy Corner«, Zossener Straße 7. Ross brachte ihre Geliebten meist aus den Nachtlokalen mit, in denen sie sang. Oft genug zogen Christopher und Jean aber auch gemeinsam um die Häuser. Sie dominierte die Gespräche, schwärmte von ihren neuesten »Eroberungen« und den Filmchancen, die sie ihr versprachen. Hin und wieder durfte sie wirklich als Komparsin auftreten. Christopher und sie gingen ins Kino, in Bars, er stellte sie seinen Freunden vor und hörte ihr bei der Arbeit zu. »Sie hatte eine überraschend tiefe, raue Stimme. Sie sang schlecht«, widersprach er ihrem Urteil, »ohne Ausdruck, ihre Hände an den Seiten herabhängend. Dennoch war ihr Auftritt auf seine Art stark dank ihrer aufregenden Erscheinung.«

Frau Thurau hatte Ross für Isherwoods Verlobte gehalten und wunderte sich, dass er ungerührt zusah, wie sie Herren in ihr Zimmer mitnahm. Immer mehr und immer andere. Eifersucht kam naturgemäß bei ihm nicht auf, aber Unmut bei der Vermieterin. Wie sie und Alfred Kantorowicz, der kommunistische Publizist, das Bett verwüsteten, ging ihr zu weit. Sie warf Jean hinaus. Kantorowicz nahm sie mit in die »rote« Künstlerkolonie am Südwestkorso, wo er wohnte. SA-Leute randalierten dort. Erschrocken zog Jean im August 1932 zurück nach London. Christopher blieb in der Nollendorfstraße. Er hatte sich gerade, im März 1932, Hals über Kopf in den elf Jahre jüngeren Dienstmann Heinz Neddermeyer verliebt und hegte die Hoffnung, dass der Spuk der Nationalsozialisten bald vorbei sei.

Aber am 5. April 1933 fuhr auch Christopher zurück nach England. Jean besorgte ihm Arbeit als Übersetzer. Sein »goodbye« kam aus schwerem Herzen. Doch was sollte er tun im Angesicht von Braununiformierten, die auf Menschen einschlugen, Schaufenster mit Davidsternen beschmierten und sich mit Schildern »Kauft nicht bei Juden!« drohend daneben stellten? Er sei »eine Kamera mit offenem Verschluss, recht passiv, aufnehmend, ohne zu denken«, schreibt er in *Goodbye to Berlin*. »Eines Tages muss all das entwickelt, sorgfältig gedruckt und fixiert werden.« Unbeteiligt wie eine Kamera nur zu dokumentieren: Das konnte er nicht mehr. Zu sehr hatte Isherwood Wurzeln geschlagen. Menschen, die er liebte, ob homosexuell oder jüdisch oder beides, schwebten in Gefahr. Und er, so wie er veranlagt war, mit ihnen. Was ihm zu tun blieb: aus seinen täglichen Notizen eine bewegende Geschichte zu entwickeln und dann das Tagebuch, ehe es die Polizei fand, zu vernichten. Im Alter bedauerte er, dass es ihm fehlte. Was ihm gelang: erst in der Novelle *Sally Bowles*, dann in einem ganzen Roman Bilder einer spannungsvollen Zeit zu fixieren, als eine Demokratie in eine totalitäre Diktatur hineinglitt. Es entstand ein Buch, das heute zum Besten der modernen englischen Literatur gerechnet wird.

Marianne Hoppe (1909-2002), in Rostock gebürtig, wächst in Felsenhagen auf, dem Gut ihrer Eltern in der Ostprignitz. Sie erhält Unterricht am Deutschen Theater und von Lucie Höflich. Hoppes Bühnenkarriere beginnt 1928, zum Star macht sie das Kino. Sie ist sehr vielseitig. Häufig distanziert und doch sensibel, verkörpert sie selbstbewusste Frauen in einer Welt von Männern. Von 1936 bis 1946 ist sie mit Gustaf Gründgens verheiratet. Ihr Sohn stammt von einem anderen Mann. Nach dem Krieg bleibt sie beliebt. Vor der Kamera macht sie sich rar, auf den Bühnen ist sie häufig zu sehen.

Joseph Goebbels (1897-1945) ist in Rheydt geboren. Ab dem vierten Lebensjahr gehbehindert, muss er dem Weltkrieg fernbleiben. Er promoviert 1922 an der Universität Heidelberg in Germanistik, findet aber keinen beruflichen Einstieg. Erst die NSDAP nutzt sein Schreib-, Rede- und Organisationstalent. Er wird ihr 8762. Mitglied. Maßgeblich seine Rhetorik bringt die Partei nach vorn. Er macht Karriere als Propagandachef Adolf Hitlers, dem er und seine Frau Magda eng verbunden sind. Am Tag nach dessen Suizid gehen auch sie und ihre sechs Kinder in den Tod.

Vermutlich am 11. Mai 1934 überrascht Joseph Goebbels die von ihm verehrte Marianne Hoppe in ihrer Wohnung, um sie für sich zu gewinnen.

MITTE SEPTEMBER 1927 fährt ein achtzehnjähriges Gutsfräulein aus der Prignitz mit der Bahn nach Berlin. Die Eltern möchten, dass Marianne Fremdsprachenkorrespondentin wird. Bei der Großtante in Tempelhof soll sie wohnen. Zunächst aber eilt die junge Frau vom Bahnhof Friedrichstraße direkt zum Deutschen Theater. Sie will vorsprechen. Die Sekretärin weist sie ab. Die Aufnahmeprüfungen seien vorbei. Marianne insistiert. Wenige Tage später steht sie vor dem Leiter der Schauspielschule. Sie rezitiert Shakespeare, dann Goethe, dann nimmt er sie auf, gleich als Fortgeschrittene. Bereits nach fünf Monaten debütiert sie auf einer Jugendbühne. Einem Kritiker fällt sie als »Begabung von innerlicher Spannkraft« auf – dem gefürchteten Herbert Ihering! Max Reinhardt engagiert das Talent zur selben Spielzeit wie Gustaf Gründgens, ihren späteren Ehemann. Mariannes Erfolg überzeugt die Eltern. Sie unterstützen sie. In Schöneberg, Eisenacher Straße 22, findet sie eine kleine Wohnung.

In guter Gegend, am Kaiserdamm 77, wohnte zu dieser Zeit Joseph Goebbels, der fanatische Demagoge. Was hatte den katholischen Knaben vom Niederrhein so radikalisiert? Weshalb die narzisstische Selbstdarstellung, weshalb der blindwütige Antisemitismus, der den organisierten Mord an Millionen von Menschen nach sich zog? Er kompensierte, antworten Psychologen und haben Indizien: Seine »Minderwertigkeit« als Folge des verformten rechten Fußes. Seine abgelehnte Lyrik, seine abgelehnte Prosa, seine abgelehnten Dramen und die Liebschaften, eine mit einer »Halbjüdin«, die am Ende auf Ablehnung stießen, was umso schwerer wog, als er von sich behauptete: »Jedes Weib reizt mich bis aufs Blut. Wie ein hungriger Wolf rase ich umher. Und dabei bin ich schüchtern wie ein Kind.« Seine »Erlösung« fand der von Depressionen Getriebene bei den Nationalsozialisten, für die er sich ab April 1924 engagierte. Sie gaben ihm Selbstwertgefühl. Nun konnte er schreiben, reden, agitieren. Hitler fand in ihm einen talentierten Propagandisten und machte ihn im November 1926 zum Gauleiter von Berlin-Brandenburg. Den Menschen auf dem Lande blieb er fremd. So leitete er ab 1929 nur noch den Gau Groß-Berlin.

Marianne Hoppe erhielt Unterricht, arbeitete hart an sich und verdiente als Komparsin etwas hinzu. Soweit sie es sich leisten konnte, genoss sie die letzten glitzernden Reflexe der Weltmetropole Berlin. Sie trug Bubikopf und Hosen, ging tanzen, besuchte Frauenbars, war »lustig und vergnügt. Aber ich habe mich mit keinem Mann abgegeben. Ich bin nicht so fürs Rummachen.« Nun, einer, mit dem sie sich abgab, hieß Ernst Busch, gutaussehend wie sie und ebenso ein Kommunist. Sogar zu heiraten erwogen sie. Geehelicht hat sie dann Gründgens und der war es, der über seinen Anwalt dem Sänger und Schauspielkollegen 1944 das Leben rettete. Wegen Hochverrats angeklagt, erhielt Busch nur eine Freiheitsstrafe. Den Schriftsteller Ödön von Horvath, Mariannes größte Liebe, verlor sie, als er vor dem staatlichen Terror zurück nach Österreich und dann nach Paris floh, wo er verunglückte. In Frankfurt am Main, dem Ort ihres Wirkens von 1930 bis 1932, gewann Marianne Hoppe einen »Beschützer«. Carl Dreyfuss hatte reich geerbt und Soziologie studiert. »Beschützer« nannte sie ihn, weil er sie gegen den Faschismus »imprägnierte«. Er stellte seine elf Jahre jüngere Freundin den Frankfurter Freunden vor und diese, sie hießen Adorno, Habermas und Sontheimer, warnten sie vor den nationalen Sozialisten. Über München kehrte sie – gemeinsam mit Dreyfuss – nach Berlin zurück, weitaus bekannter als sie es verlassen hatte.

Die ersten Filmgagen versetzten sie in die Lage, Anfang 1934 im noblen Ortsteil Grunewald eine Maisonette-Wohnung zu beziehen, drei Zimmer im obersten Geschoss der Caspar-Theyß-Straße 14. Im Juni besuchte sie ein Reporter der *Filmwelt*: »In dem behaglichen Wohnzimmer mit der hübschen Wendeltreppe zum Schlafzimmer stehen Bücherregale mit vielen Bänden. Ein italienischer Renaissance-Schrank leuchtet an der einen Wand, in der Nische steht ein altdeutscher Bauerntisch. Auf einem halbhohen, reich geschnitzten Schrank ein Madonnenbildnis eines alten holländischen Meisters.« Hier nun schützte sie ihren Beschützer. Dreyfuss war Jude. Sie teilte ihre Wohnung mit ihm.

Weitaus repräsentativer lebte am Adolf-Hitler-Platz 3 (heute: Theodor-Heuss-Platz 6) Joseph Goebbels. Mieterin der riesigen Wohnung war seine Frau Magda, mit der er seit Dezember 1931 verheiratet war. Auch Adolf Hitler hatte Magda Quandt umworben. Goebbels' »Chef« blieb dem Paar so nah, dass fast eine Dreierbeziehung bestand. Da Hitler bis kurz vor seinem Suizid ledig blieb, galt Magda Goebbels als Erste Frau des Dritten Reiches. Ihr Mann achtete darauf, dass die Volksgemeinschaft sie als fürsorgliche Mutter und ergebene Gattin wahrnahm. Die Wirklichkeit war anders. Um den Nachwuchs kümmerten sich Kindermädchen, um Herd und Haushalt Personal, Magda trat selbstbewusst auf. Die ehekriegserfahrene Frau bot ihrem eifersüchtigen Gatten die Stirn. Als er sich weigerte, Magda die Leitung des 1933 eingerichteten Deutschen Modeamtes zu geben (die sie dann doch erhielt), eskalierte die latente Krise. Sie ging auf Distanz zu ihm. Das war im Frühjahr 1934.

Ein seltsamer Nachmittagsbesuch aus dieser Zeit blieb Marianne Hoppe in Erinnerung. Sie schilderte ihn immer wieder, leicht variiert jedes Mal. Goebbels' Tagebuch legt nahe, dass es zu der Begegnung am 11. Mai 1934 kam, einen Monat nach der Geburt seines ersten Kindes. Marianne Hoppes Türklingel schellte. Hinten in ihrem Studio ordnete Carl Dreyfuss gerade Bücher. Sie öffnete. Vor ihr im Hausflur salutierte ein SS-Mann und hinter ihm stand Joseph Goebbels oder er hinkte die Treppe herauf. »Ich glaube, daß ich vor lauter Aufregung nicht Guten Tag gesagt habe«, meinte sie. »Mir blieb die Spucke weg. So was war ungewöhnlich, nicht. Und ich hatte nur diesen einen fürchterlichen krampfhaften Gedanken, der sich immer wiederholte: wie kriege ich den Mann hier raus?« Er nahm neben ihr auf dem Sofa Platz. Der Körperabstand schrumpfte im Laufe des Besuchs beängstigend. Goebbels' Besuch war von dem Wunsch geleitet, dass sie ihn auf seinen Reisen begleitete und zwar als erstes Ende des Monats nach Dresden zur 1. Deutschen Reichstheater-Festwoche. In schillernden Farben malte er ihr die Vorzüge aus, die sie an seiner Seite genießen würde: Flugreisen, köstliche Diners, die schönste blumengeschmückte Suite im ersten Hotel der Stadt. Spießig fand sie das alles. Er stellte ihr vor, wie rosig er ihre berufliche Zukunft gestalten könne und

»da wurde mir dann doch ein bisschen schummrig. Ja, sagte ich, wir haben ja beide einen Ruf zu verlieren.«

Der mächtige, amouröse Reichsminister hatte etliche Pfeile im Köcher, einer giftiger als der andere. Als Kontrolleur des deutschen Filmschaffens konnte er gute Kritiken, Titel, Preise, Zuwendungen erwirken und in Besetzungslisten hineindiktieren. Das hatte er für die »schöne Marianne Hoppe« schon im März 1934 getan. Sie hatte ihm jedes Mal, wenn sie zusammentrafen, ihre Filmpläne dargelegt und er sich geschworen: »Ich werde ihr helfen.« Am 27. März konstatierte er: »Marianne Hoppe kriegt ihren Film. Sie ist überglücklich.«

Wie glücklich aber war sie mit dem unheimlichen Verehrer direkt neben sich auf dem Sofa? Seine Zudringlichkeit, das unterschwellige Locken und Drohen, all das »ließ mich verhältnismäßig kalt.« Als ihm seine Parteinadel aus dem Revers rutschte und auf den Boden fiel, bückte sich Hoppe, reichte sie ihm und er steckte sie sich wieder an. Im Übrigen hielt sie Abstand. »Und weil ich nicht reagierte, ging er zum Bücherschrank.« Auf der Suche nach einem Gesprächsthema überflog er die Titel. »Sie haben noch den Marx da stehen,« stellte er fest. Hoppe konterte: »Sie haben ihn aber viel gründlicher gelesen als ich.« Das stimmte. Er hatte als junger Mann *Das Kapital* studiert und bekannt: »Ich bin ein deutscher Kommunist«. Hinauswerfen konnte Marianne ihren hohen Gast nicht, so gab sie ihm keck einen Korb: »Und Sie glauben, daß ich mich einem Menschen, wie Sie es sind, ausliefern würde.« Das saß. Goebbels nahm seinen Hut und ging. Fast zwei Stunden war er dagewesen. »Und als er weg ist, wird mir mulmig. Ich dachte, was wird aus diesem Satz für mich.«

Das Bedenken war begründet. »Marianne Hoppe: sie ist mir reichlich unsympathisch geworden«, notierte Goebbels am 20. Juni 1934. Er ließ sie in sein Ministerium zitieren. Man forderte sie auf, ihre »Beziehung zu einem Juden« zu beenden. Offenbar hatte man sie und Dreyfuss beschattet. Ein andermal empfing Goebbels sie in seinem Büro. Er schob ihr einen Scheck über 100.000 Reichsmark zu. Sie sagte, so etwas habe sie noch nie gesehen und gab das Papier zurück. Ende September 1935 lud Goebbels sie wieder vor.

Sie »muß Farbe bekennen. Ihr Jude, sagt sie, ist längst abgemeldet. Ich halte ihr auch die Unmöglichkeit eines solchen Zustandes vor. Sie sieht das ein. Ganz bescheiden. Große Pläne hat sie.« Carl Dreyfuss »abgemeldet«? Ja, das war er, amtlich, aber nicht bei ihr. Sie hatte ihren Freund benachbart in der Auguste-Viktoria-Straße untergebracht und versorgte ihn bis zu seiner Flucht nach London. Dort stellte Theodor Adorno bei einem Besuch fest, dass Marianne nach wie vor »sich wirklich ihm gegenüber sehr loyal verhält.«

Auch sie stand vor der Frage: Weiter mitmachen wie ihre Kolleginnen Zarah Leander und Marika Rökk oder emigrieren wie Marlene Dietrich und (später) Lilian Harvey? Diese Bürde nicht auf sich genommen zu haben, »war für mich persönlich ein entscheidender Fehler gewesen. [...] Ich hätte auch woanders meine Arbeit gehabt.« Aber sie hing an ihren Eltern, an Gründgens und fühlte sich ihrem Publikum verpflichtet, denn »das waren doch alles keine Nazis. Sie brauchten uns gerade in diesen Zeiten.« Außerdem hatte sie in der Stallupöner Allee 49 ein Haus gebaut. Von Goebbels drohte keine Gefahr mehr. Zum einen schwärmte der Minister bald für eine andere Schauspielerin. Andererseits war sie geschützt als Frau des Generalintendanten Gründgens. Dessen Protektor war Hermann Göring, »das alte Ekel«, wie Goebbels seinen Konkurrenten in Berlins Kulturbetrieb nannte. Nähe zum NS-Staat musste Hoppe dennoch zeigen. Eintopfsonntage für das Winterhilfswerk unter freiem Himmel mit Sammelbüchse, Schürze und Suppenkelle bereiteten Freude. Das war karitativ. Unbehagen löste die Nähe politischer Prominenz aus. Bei Premieren von Prädikatsfilmen war diese unvermeidbar. »Der Herrscher« (1937; Regie: Veit Harlan), in dem sie dessen Sekretärin spielte, war ein solcher. Im Ufa-Palast am Zoo (heute: Zoo Palast) blitzlichterte die Presse, im Hotel Kaiserhof wurde gefeiert. »Jannings schwimmt in Seligkeit«, schrieb Goebbels. »Marianne Hoppe ganz glücklich. Diese Künstler sind ein richtiges Kindervölkchen. Aber zum Liebhaben. Wir parlavern [sic!] bis in die tiefe Nacht.« Harte Propagandafilme blieben Hoppe erspart. Internationales Lob erfuhr ihre Verkörperung der Madeleine in dem Melodram »Romanze in Moll« (1943; Regie: Helmut Käutner). Fünf Monate nach dessen

Premiere zerstörten Bomben das Schauspielhaus (heute: Konzerthaus) am Gendarmenmarkt, ihre und ihres Mannes Wirkungsstätte. Zu sehen blieb Hoppe in Lichtspielhäusern, bis auch sie dunkel wurden.

Bei Kriegsende nahm sich die Familie Goebbels das Leben, für Marianne Hoppe begann ein neues. Die Geburt Benedikts 1946 führte zur Scheidung von Gründgens, denn der Junge war nicht von ihm. Hoppe konvertierte zum Katholizismus. Bühnenengagements häuften sich, im geteilten Berlin und in Film und Fernsehen trat sie seltener auf. Ein Bauernhaus auf dem Scharam bei Siegsdorf, Kreis Traunstein, das sie 1947 erwarb, wurde ihr zur neuen Heimat – und zur letzten.

Hans Globke (1898-1973) ist eine umstrittene Person der bundesdeutschen Nachkriegsgeschichte. Der streng katholisch erzogene promovierte Jurist startet im Preußischen Innenministerium eine Karriere, die sich nach 1933 fortsetzt. Er formuliert Gesetze, die die Diskriminierung und Ermordung der Juden juristisch absichern. Bekannt wird besonders sein Kommentar zu den Nürnberger Gesetzen von 1935. Gleichwohl gilt der hochrangige NS-Beamte 1947 als »unbelastet«. Konrad Adenauer ernennt ihn 1953 zum Chef des Bundeskanzleramts.

Konrad Graf von Preysing (1880-1950), niederbayerischer Adliger, ursprünglich Jurist, wendet sich der katholischen Theologie zu und bringt es 1932 zum Bischof von Eichstätt. Im Jahre 1935 wird er auf die Berliner Kathedra berufen und 1947 ins Kardinalskollegium. Im Gedächtnis bleibt sein Widerstand gegen den Nationalsozialismus. Hans Globke informiert ihn geheim über Gesetzesvorhaben, gegen die der Bischof kraft seines Amtes öffentlichkeitswirksam vorgeht, mindestens in einem Fall rechtzeitig genug: Die privilegierte Mischehe, die Juden Schutz bietet, wird nicht abgeschafft.

Wann sich Globke und Preysing erstmals trafen, ist nicht bekannt, bezeugt aber ist ihr reger Kontakt, den sie, wenn nötig, täglich hatten.

»**DER ANGEKLAGTE** wird wegen in Mittäterschaft begangenen fortgesetzten Kriegsverbrechens und Verbrechens gegen die Menschlichkeit in teilweiser Tateinheit mit Mord gemäß Artikel 6 des Statutes für den Internationalen Militärgerichtshof, §§211, 47, 73 StGB zu lebenslangem Zuchthaus verurteilt.«

Ein hartes Urteil, diese Sentenz vom 23. Juli 1963, ungeheuerlich die dem Angeklagten angelasteten Verbrechen. Zum Tatbestand: Hans Josef Maria Globke wurde in die Familie eines Düsseldorfer Tuchgroßhändlers geboren. Er wuchs katholisch auf in Aachen, nahm am Weltkrieg teil und studierte in Bonn und Köln Jura. Der Burschenschaftler einer katholischen Verbindung promovierte »summa cum laude«. Im Jahre 1922 trat er der Zentrumspartei bei. Er ging 1924 zur Polizeiverwaltung in Aachen, ab 1929 zum Preußischen Ministerium des Innern. 1934 heiratete er die Fotografin Augusta Vaillant, ebenso gläubig wie er. Sie hatten drei Kinder. 1938 erhielt er seine Beförderung zum Ministerialrat, vier Ränge vom Minister entfernt. Er suchte um Aufnahme in die NSDAP nach. Der Leiter der Parteikanzlei Martin Bormann lehnte 1940 ab. Zu katholisch!

Im Frühjahr 1933 arbeitete Regierungsrat Globke an dem Ermächtigungsgesetz, mit dem sich der preußische Landtag am 18. Mai 1933 entmachtete, und an der Auflösung der zweiten preußischen Gesetzgebungskammer, des Staatsrats. Er wirkte an der Verordnung mit, die nahezu allen Juden ab 1. Januar 1939 die zusätzlichen Vornamen »Sara« oder »Israel« aufzwang. An den Nürnberger Gesetzen von 1935, die ihnen ihre Bürgerrechte entzogen und sexuelle Kontakte und Ehen mit »Ariern« verboten, hatte der Oberregierungsrat direkt keinen Anteil, aber er schrieb 1936 den Kommentar fast allein. Es galt, Schlimmeres zu verhüten, sagte Globke später, 1961. Ging es überhaupt schlimmer? Das Reichsbürgergesetz und die ihm folgenden Verordnungen legalisierten nach deutschem Recht den kommenden Völkermord! Ausnahmen von dieser gesetzlichen Rechtlosigkeit ließen sich beantragen, Hans Globke lehnte sie, wenn direkt damit befasst, im Einzelfall ab. Dafür gab es Zeugen. Er selbst gab zu, die furchtbaren Folgen gekannt zu haben: die Mordmaschinerie in den Vernichtungslagern. Doch blieb er, aufgestiegen zum Ministerialrat, im Amt, anders als sein Kollege Bernhard Lösener, der sich aus Abscheu vor den Morden an Juden versetzen ließ. In den annektierten und besetzten Nachbarländern half Hans Globke, Verwaltungen neu zu strukturieren. Dazu besuchte er die Gauleiter in Metz, Straßburg und Danzig, den Reichsstatthalter in Wien, den Reichsprotektor in Prag, den Generalgouverneur in Krakau und den Reichskommissar in Den Haag. Jedes Mal ging es auch darum, »deutsche Volkszugehörige« von »Fremdblütigen« und »Mischlingen« juristisch zu trennen, denn der Genozid verlangte den Schein der Legalität überall. Antisemitische Rechtsvorschriften entstanden an den Schreibtischen der Abteilung I des 1934 fusionierten Reichs- und Preußischen Ministeriums des Innern am Berliner Königsplatz (heute zwischen Moltkebrücke und Bundeskanzleramt). Dort arbeitete Globke.

Ab 1953 amtierte er als Staatssekretär im Bundeskanzleramt Konrad Adenauers. Das eingangs zitierte Urteil erging zwei Monate vor Globkes Pensionierung 1963. Es beendete einen zweiwöchigen Schauprozess vor dem 1. Strafsenat des Obersten Gerichts der DDR (am Sektorenübergang Invalidenstraße, heute Bundeswirtschaftsministerium). Die Anklagebank blieb dabei leer. Hans Globke verbüßte nie eine Strafe. Er wurde in Aachen als »unbelastet« entnazifiziert, und bundesdeutsche Staatsanwälte sahen keinen Grund zur Klage. Einzig der Frankfurter Generalstaatsanwalt Fritz Bauer ermittelte 1960, ob Hans Globke 1943 die Rettung tausender griechischer Juden verhindert habe. Konrad Adenauer (CDU) jedoch erwirkte bei Hessens Ministerpräsident Georg August Zinn (SPD), dass Bauer seine Akten dem Oberstaatsanwalt am Landgericht Bonn übergab. Der schloss sie im Mai 1961. Kein Tatverdacht! Und dennoch: »Globke« wurde zum Synonym brauner Kontinuität in der Bundesrepublik. Zu recht?

Auffallend ist die Zahl der über jeden Zweifel erhabenen Personen, die sich nach 1945 *pro* Globke äußerten. Ihm »Persilscheine« auszustellen, diese Gefälligkeit hatten sie nicht nötig. Jakob Kaiser, der spätere Bundesminister, besprach in Globkes Dienstzimmer (!) dessen Übernahme eines Ministeramtes nach Hitlers Sturz. Der Jesuitenpater Franz Prinz berichtete, wie Globke es schaffte, ihn und Ordensbrüder aus dem Konzentrationslager Dachau zu retten. Robert Kempner, im Preußischen Innenministerium Globkes Kollege, in die USA emigriert und als Ankläger im Nürnberger Kriegsverbrecherprozess zurückgekehrt, wusste, wie wenig Globke vom Nationalsozialismus hielt. Der Tübinger Politologe Theodor Eschenburg kannte ihn von einem gemeinsamen Freund her, der »mit einer ›Halbjüdin‹ verheiratet war. Die Genehmigung zu dieser Ehe, bei der ich selbst Trauzeuge war, war in erster Linie Globke zu verdanken.« Willy Brandt behauptete 1989 gar, Globke habe sich »einer sehr subtilen Form von ›Widerstand‹« befleißigt. Genauer wusste dies der Berliner Bischof Konrad Graf von Preysing.

Die Gedenkstätte Deutscher Widerstand ehrt Preysings »offene Gegnerschaft« zum Nationalsozialismus. Der Sohn einer auf dem Schloss Kronwinkl bei Eching an der Isar beheimateten Familie wurde 1880 geboren und schlug nach dem Studium eine Karriere als Jurist ein. In Innsbruck legte er ein Theologiestudium nach, wurde dort 1912 zum Priester geweiht und 1913 promoviert. Im selben Jahr holte ihn der Münchener Erzbischof zu sich ins Domkapitel an die Isar. Dort trat er in freundschaftliche Beziehung zu Eugenio Pacelli (ab 1939 Papst Pius XII.), dem Apostolischen Botschafter, dessen Nuntiatur 1925 von München nach Berlin (Rauchstraße 21) umzog. Ihm verdankte Preysing seine Weihe zum Bischof von Eichstätt 1932. Drei glückliche Jahre im heimischen Bayern folgten. Dann wählte ihn das Berliner Domkapitel zum Bischof, und der Papst versetzte ihn. Preysing traf dies hart. Pacelli vertraute er im Juni 1935 an: »Ich bin nicht der Mann mit den eisernen Nerven, der in dieser Stunde den Posten gut ausfüllen könnte. [...] Ich würde nur mit tiefstem Kummer meine geliebte Diözese verlassen.« Der Nuntius machte ihm Mut: »Ihnen als Bischof der Reichshauptstadt, der die Verhältnisse aus nächster Nähe zu betrachten die Möglichkeit hat und dem persönliche Kontakte direkter und indirekter Art mehr als anderen zur Verfügung stehen dürften, kann dabei unter Umständen eine besonders wichtige Funktion anfallen«, nämlich weil »der Ernst des Augenblicks so groß ist, daß Rücksichten, die in normalen Zeiten maßgebend sein mochten, in den Hintergrund treten vor dem Zwang zu handeln, um Kirche und unsterbliche Seelen vor schweren Verlusten zu bewahren.« Geschrieben in Rom Ende November 1935. Wie viele Millionen Verluste es werden würden, konnte Pacelli noch nicht wissen. Wie sehr er sich als Bischof bewähren würde, konnte Preysing noch nicht ahnen. Sein Amt brachte ihn in Verbindung zu jenen, die den Tätern das Recht beugten, und mit denen, die den Opfern die Leiden zu lindern suchten. Auf beiden Seiten, beruflich und geheim, wirkte Hans Globke. Konrad Graf von Preysing wurde er ein wichtiger Gesprächspartner.

Wann sich die beiden erstmals und danach begegneten, ist nicht bekannt, blieb wohl bewusst geheim. Globke kam auch zu Besuch ins Ordinariat. Gemeinsamkeiten teilten beide, der Beamte und der Bischof. Sie waren gläubige Katholiken, Burschenschaftler, promoviert, beflissen im Amt und keine Männer des lauten Wortes. Der »Marmorbischof«, so Preysings Spitzname, verhielt sich in der Öffentlichkeit steif. Globke erfüllte im Dienst penibel seine Pflicht. Im privaten Gespräch brillierte Preysing durch seine Liebenswürdigkeit, sein umfassendes Wissen und seinen geistreichen Witz. Globke begegnete ihm kaum minder gebildet, ebenso nachdenkend, aber zurückhaltender, sich langsam und wohlabgewogen äußernd.

Weshalb sie sich begegneten, kam erst nach dem Ende des Terrors heraus. Globke hielt sich darüber bedeckt, Preysing nicht: »So informierte er mich und meine Mitarbeiter über Pläne und Beschlüsse des Innenministeriums, gab uns auch Kenntnis von streng geheimgehaltenen Gesetzesentwürfen und lieferte uns auf diese Weise das Material zu Protesten und Drohungen, die bei den Regierungsstellen Hilflosigkeit und Zorn zugleich auslösten, da sie Kenntnis streng geheimgehaltener Vorgänge verrieten. Eine Zeit hindurch mußten wir Herrn Dr. Globke fast täglich in Anspruch nehmen. Stets stand er uns in opferbereiter Weise zur Verfügung. Oft hat er auch selbst die Initiative ergriffen. Besonders unserer Hilfsarbeit für die verfolgten Juden und Halbjuden hat er durch seine Mitteilungen und rechtzeitigen Warnungen die wertvollsten Dienste geleistet. Wenn er auch umsichtig, besonnen und klug handelte, setzte er dabei doch jedesmal seine Freiheit, ja sein Leben aufs Spiel.« Über Globkes Tun im Bilde war auch der mit ihm befreundete Wilhelm Happ: »Immer, wenn ich in meiner Eigenschaft als Justitiar des Bischöflichen Ordinariates seiner Hilfe bedurfte, stand er mir mit Rat und Tat zur Seite. Allein seiner Unterstützung ist es zu verdanken, daß das Ordinariat rechtzeitig über Pläne und Beschlüsse des Innenministeriums unterrichtet war und so Maßnahmen treffen konnte, um eine Verfolgung der Gläubigen zu verhüten oder zum mindesten abzuschwächen. In der Juden- und Halbjudenfrage war er uns schlechthin unentbehrlich geworden. Hier leistete er uns sowohl in der Gesamtheit dieser Frage wie auch in Einzelfällen unschätzbare Dienste. Häufig beabsichtigte er aus dem Staatsdienst auszuscheiden, insbesondere als Himmler die Leitung des Innenministeriums übernahm. Nur auf unsere dringenden Bitten, weiter zu bleiben und so uns und der gesamten Widerstandsbewegung besser nützen zu können, hat er sich bewegen lassen, von der Einreichung eines Entlassungsgesuches abzusehen.«

Die »Juden- und Halbjudenfrage« wurde zu Preysings besonderem Anliegen. Im August 1938 gründete er das Hilfswerk beim Bischöflichen Ordinariat Berlin, das sich um getaufte Juden kümmerte, die das Gesetz ja nicht als Christen anerkannte. Der Geschäftsführerin Margarete Sommer, einer außergewöhnlich engagierten Frau, Retterin mehrerer tausend »katholischer Nichtarier«, gab Globke, wie sie schrieb, »die allerwichtigsten Hinweise, so dass wir tatsächlich manches verhindern konnten [und] nicht wenige der Bestimmungen, an denen er persönlich hatte mitarbeiten ›müssen‹ (ich erkenne ja ein solches ›Müssen‹ nicht an) verriet er uns noch während er daran arbeitete.« Zum Beispiel das geplante Mischehengesetz. Die »privilegierte Mischehe« schützte mit »Ariern« verheiratete Juden vor antisemitischen Maßnahmen. Ein neues Gesetz sollte Zwangsscheidungen ermöglichen und den Schutz beseitigen. Globke als Informant, Happ als Mittelsmann und Bischof Preysing hintertrieben dies. Preysing wirkte auf den Vorsitzenden der Bischofskonferenz Adolf Bertram so beharrlich ein, bis dieser bei der Reichsregierung intervenierte. Der Kardinal drohte mit Kanzelprotesten, Heinrich Himmler gab nach, das Gesetz kam nicht zustande. Der »Whistleblower« blieb unerkannt. Ebenso Preysings Begegnungen mit den Männern und Frauen des Kreisauer Kreises, der Roten Kapelle und den Verschwörern des 20. Juli.

Konrad Graf von Preysing, von Pius XII. 1946 zum Kardinal erhoben, starb am 21. Dezember 1950. Sein Leichnam liegt in der Krypta des Berliner Doms St. Hedwig. Hans Globke konnte die zehn Jahre seines Ruhestands nur bedingt genießen. Immer wieder tauchte sein Name als Schreibtischtäter des Nationalsozialismus auf. Er starb am 13. Februar 1973 in Bonn. Begraben ist er auf dem Zentralfriedhof Bad Godesberg.

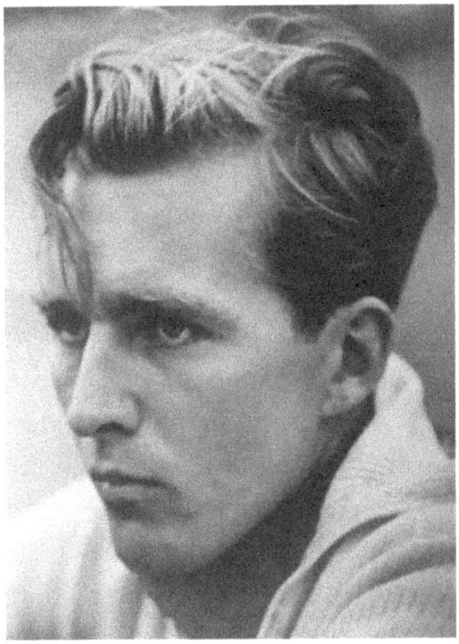

Jesse Owens' (1913-1980) Großeltern haben noch als Sklaven in Alabama gelebt und auch seine Eltern und Geschwister leben dort, zwar freie Menschen, aber in prekären Verhältnissen. Jesses Glück ist seine Schnelligkeit. Dank überragender sportlicher Leistungen erhält er in Ohio einen Studienplatz inmitten weißer Kommilitonen. Als mehrfacher Weltrekordler fährt er zu den Olympischen Spielen 1936, wo er für die USA im Sprint und beim Weitsprung vier Goldmedaillen gewinnt. Er wird populär, doch die offizielle Anerkennung seiner Siege bleibt aus, in Berlin wie in Washington.

Luz Long (1913-1943) aus Leipzig ist sein schärfster Konkurrent an der Weitsprunggrube. Ihr Duell wird zu einem Höhepunkt des Sportfests. Ganz im olympischen Geist kommen sich der Schwarze und der Blonde näher. Sie plaudern zwanglos nebeneinander auf dem Rasen und am Ende drehen sie, Medaillen um den Hals, unter dem Beifall des Publikums untergehakt im Stadion ihre Ehrenrunde. Die Rassisten auf der Führertribüne schäumen. Longs Tod im Zweiten Weltkrieg bereitet der Freundschaft ein jähes Ende, ihre Nachkommen sind noch heute in Kontakt.

Long spricht Owens am 4. August 1936 vormittags im Olympiastadion an, um dem strauchelnden Amerikaner einen entscheidenden Tipp zu geben, wie er sicher ins Weitsprungfinale gelangt.

ALS SEIEN SIE DIE EINZIGEN an der Sprunggrube an jenem Augusttag 1936, so kommen sie im Film daher, die beiden Athleten aus den USA und dem Deutschen Reich, einer den anderen an Weite überbietend. Hineingeschnitten ins Zelluloid das Publikum im vollen Olympiastadion, mal gespannt, mal jubelnd, und das Staatsoberhaupt in Uniform, sonnig gelaunt. Am Ende der Sequenz aber lächelt der Sieger, der Erfolgreichste der Olympischen Spiele von Berlin. Bescheiden blickt er in die Kamera, fast verlegen, von Attitüden keine Spur, ein gewinnender junger Mann, liebenswert auf den ersten Blick: Jesse Owens. Ebenso sympathisch sein Gegner: Luz Long. Schwarzer Hautfarbe der eine, weiß und blond der andere.

So hat die Regisseurin Leni Riefenstahl die beiden Männer in ihrem Olympiafilm »Fest der Völker« abgelichtet. Vor allem auf Jesse Owens setzte sie den Fokus, sehr zum Missfallen ihres Auftraggebers. Joseph Goebbels hatte einen Propagandafilm bestellt: weiße Rasse besiegt schwarze Rasse. Was er erhielt, waren Bilder von schönen, athletischen Menschen, egal welcher Gene und welcher Nation sie waren. »Riefenstahl betrachtete ihr Filmen als Kunst«, schreiben F. Erik Brooks und Kevin M. Jones in ihrer Owens-Biografie. Sie »widersetzte sich Goebbels [...]. Tatsächlich schien sie angetan zu sein von Jesse Owens. Sie machte häufig Nahaufnahmen von ihm und sein Weitsprungwettbewerb wurde zum Mittelpunkt des ersten Teils ihres Olympiafilms.«

Long und Owens wären im Olympiastadion einander nicht begegnet, hätte man sich in den USA entschieden, die Spiele in Berlin, wo »Nicht-Arier«, insbesondere Juden, leiden mussten, zu boykottieren. Doch noch ließ sich die Öffentlichkeit jenseits des Atlantiks besänftigen. Als Alibi rückte eine blonde, blauäugige, in den USA lebende Halbjüdin (Helene Mayer) ins »arische« deutsche Olympiateam. Das Argument, Apartheit gäbe es auch außerhalb Deutschlands, zog noch. Noch waren die Schaufenster jüdischer Ladeninhaber in Deutschland intakt, ihre Gotteshäuser auch und

Auschwitz hieß Oświęcim und war eine nette Kleinstadt in der Wojewodschaft Śląskie.

Alles nicht so schlimm also? Die einflussreiche Amateur Athletic Union unter Führung des späteren IOC-Präsidenten Avery Brundage (»In meinem Club in Chicago sind Juden auch nicht zugelassen.«) stimmte am 8. Dezember 1935, etwa ein Jahr nach dem American Olympic Committee, mit 58 gegen 56 Stimmen dafür, Teams nach Deutschland zu entsenden. Am 15. Juli 1936 legte in New York die »Manhattan« ab, neun Tage später gingen 310 Sportlerinnen und Sportler in Hamburg von Bord, acht von ihnen Schwarze, einer von ihnen Jesse Owens. Er wäre, so sagte er, daheim geblieben, hätte sich der Verdacht verdichtet, dass die Deutschen jüdische Sportler ernsthaft diskriminierten. Aber Avery Brundage ließ sich auf einer Reise vor Ort vom Gegenteil überzeugen. Owens fuhr mit.

Eine Europareise war für James Cleveland Owens (aus dem Laut der Initialen JC ergab sich sein Spitzname »Jesse«) eigentlich außerhalb seines Horizonts. Die Großeltern waren noch Sklaven gewesen. Seine Eltern und neun Geschwister lebten in Oakville, Alabama, wie viele Schwarze als Naturalpächter kärglich von dem mit dem weißen Grundherrn vereinbarten kläglichen Teil der Baumwollernte, so sehr Kinder wie Eltern auch zupackten. Ihre Hütte bestand aus Kinderschlafboden, Elternzimmer mit dem einzigen Bett und Wohnküche. Diskriminierungen überall. Was Jesse unter diesen Bedingungen ein Gefühl von Freiheit gab, war – das Laufen. So schnell und weit er konnte.

Im Jahre 1922 zog die Familie nach Cleveland, Ohio, und fand nach und nach besser bezahlte Arbeit. Für Jesse bot sich die Chance, zur High School zu gehen, wo er sich in Minnie Ruth Solomon verliebte. 1932 wurde ihnen ihr erstes von drei Kindern geboren, 1935 heirateten sie. Seinem Lehrer James Riley fiel auf, wie schnell der junge Mann rennen konnte. Er förderte das Talent. Seine außerordentlichen sportlichen Leistungen verschafften ihm einen Studienplatz an der Ohio State University in Columbus als einem von hundert Afroamerikanern unter 15.000 Weißen. Bald erregte er Aufsehen: In Ann Arbor, Michigan, erzielte er am 25. Mai 1935 fünf Weltrekorde binnen 45 Minuten, auf drei Sprintstrecken, 200 Meter

Hürden und im Weitsprung: 8,13 Meter – bis 1960 unerreicht (seit 1991: 8,95 Meter).

Auch Carl Ludwig (»Luz«) Long hörte davon. Im selben Jahr geboren wie Owens, 1913, erlebte dieser eine ungleich sorglosere Jugend, ältestes Kind eines vermögenden Leipziger Apothekers, Augenstern seiner hochgebildeten Mutter, einer Urenkelin des Chemikers Justus von Liebig. Luz »ist der schöne, blonde Germanentyp,« vertraute sie ihrem Tagebuch an, »mit edlem Profil, u. ich bin stolz auf seine Schönheit.« Dem Jungen boten sich alle Möglichkeiten: Reisen, Museen, Gymnasium, Klavier-, Tanz- und Fahrstunden (nach bestandener Führerschein-Prüfung schenkte ihm der Vater ein Cabrio), die anglophile Mutter achtete auf sein Englisch und Französisch, und er trieb vielfältig Leichtathletik, zu Hause in der selbst gebauten Sprunggrube und in seinem Verein, dem Leipziger Sportclub. Das schulische Interesse hielt nicht mit, er musste das Gymnasium wechseln. Im Mai 1934 begann er Jura zu studieren. Die mittelmäßigen Ergebnisse (sie entsprächen fünf Metern im Weitsprung, ulkte ein Professor) reichten im Juli 1939 immerhin zum Doktortitel nach »genügend« bewerteter Promotion. Wichtiger war Luz Long der Sport. Trainiert von Georg Richter erreichte er Sprungweiten bis über 7,50 Meter und legte 100 Meter in elf Sekunden zurück. Ab 1932 nahm er an Deutschen Meisterschaften und Kampfspielen teil, dann auch an den jährlichen Länderwettkämpfen gegen England, Frankreich und Schweden und an den Studenten-Weltmeisterschaften. Drei Wochen vor Beginn der Olympischen Spiele 1936 stellte er im Berliner Mommsenstadion mit 7,82 Meter einen Europarekord auf (seit 1987: 8,86 Meter).

1. August 1936. Owens' und Longs Mannschaften marschieren gegen 16.45 Uhr als letzte direkt nacheinander zur Eröffnungsfeier in das Olympiastadion, vor der Ehrenloge Hut auf der Brust die Amerikaner, gestreckt erhobenen Armes die Deutschen. Jubel der Hunderttausend, Coubertins Mahnung »Sinn Olympischer Spiele ist nicht Sieg, sondern Teilnahme, nicht Kampf, sondern Ritterlichkeit« auf der Anzeigetafel, Hitlers fünfzehn Eröffnungsworte, Olympische Glocke, Kanonendonner, Friedenstauben, Olympische Fahne, Olympisches Feuer, Olympische Hymne, Olympischer Eid,

Händels »Hallelujah«, Abmarsch der Sportler und Sportlerinnen und nach zwei Stunden war die bewegende Feier um 18 Uhr vorbei. Luz Long setzte sich sofort in die Bahn nach Leipzig, heim zu seinen Lieben. Er hatte noch Zeit bis zum ersten Wettkampf. Jesse Owens stieg in den Zubringerbus zurück ins Olympische Dorf nach Elstal. Er musste schon am nächsten Tag fit sein. Hundert-Meter-Vorläufe. Am 3. August sprintete er im Finale zur ersten seiner vier Goldmedaillen.

Am 4. August um 10.30 Uhr trat er zum Weitsprung an. Drei Versuche hatten die 43 Teilnehmer in der ersten Qualifikationsrunde, um 7,15 Meter zu erreichen. Ein Hopser für Owens, doch übertrat er am Anfang gleich zweimal. »Suddenly I felt a hand on my shoulder«, schrieb er 1960. Ein bereits qualifizierter Konkurrent sprach ihn fließend Englisch an: »Jesse Owens, I'm Luz Long. I don't think we've met.« Damit begann eine Freundschaft, die ihre Nachkommen bis heute pflegen. Was Luz Jesse sagte: Er brauche in der Qualifikation nicht siegen. Die geforderte Weite sei für ihn lächerlich. Er möge getrost einen Fußbreit früher abspringen, um einen dritten, letzten Fehlversuch zu vermeiden. Owens schaffte es. Plaudernd legten sich die beiden Schulter an Schulter ins Gras, Fotografen vor sich. Am Nachmittag folgten das Halbfinale (Mindestweite: 7,50 Meter) und ab 17.45 Uhr das Finale der sechs Besten, je zwei aus den USA und Deutschland, ein Italiener und der Bronzegewinner Tajima Naoto aus Japan. Ein spannender Kampf. Die Führung wechselte mehrmals und Long verbesserte seinen Europarekord um fünf Zentimeter. In der *Neuen Leipziger Zeitung* freute er sich: »Ich stelle mich dankend grüßend unter meinen Führer [vor die Ehrenloge]. Und ich glaube es kaum, er erhebt sich, grüßt mit seinem gütigen, väterlichen Lächeln zu mir herab, in seinem Auge liegt der einzige Wunsch, daß ich siegen möchte.« Unerfüllt. Long wurde Zweiter. Im letzten Versuch sprang Owens 8,06 Meter. »Ich kann nicht anders, ich laufe zu ihm, bin der Erste, der ihn beglückwünscht, umarmt« – so wie Owens ihm zu seinem Rekordsprung auch gratulierte. Ritterlichkeit, der Sinn der Spiele. Nach der Siegerehrung gehen sie eine Stadionrunde, Owens in der linken Hand die Topfeiche, die mit jeder Goldmedaille überreicht wurde, die Rechte bei Long eng

Luz Long und Jesse Owens auf dem Rasen des Berliner Olympiastadions

eingehakt. Begeisterung begegnet ihnen. Sie lachen und freuen sich gemeinsam, der Blonde und der – erst später als herabwürdigend verstanden – Neger.

Ob Hitler ihm zuwinkte, wie Owens erst erklärte, dann dementierte, ob er im Olympischen Dorf sich mit Long zum Tee traf, ihn abends in dessen Zimmer besuchte, entzog sich dem Blick der Reporter. Dass Hitler Owens nicht empfing, ist belegt, denn er gratulierte ab dem dritten Tag der Spiele, vom IOC dafür gerüffelt, dass er nur ausgewählten Sportlern Audienz gewährt hatte, offiziell niemandem mehr (US-Präsident Franklin D. Roosevelt verweigerte Owens den Handschlag auch, erst Gerald Ford zeichnete ihn vierzig Jahre später aus). Und Longs Mutter vermerkte im Tagebuch: »Luz erhielt von höchster Stelle (Heß) den Verweis, nie wieder einen Neger zu umarmen.«

Die Wahrheit zu ermitteln, ist schwierig. Jesse Owens jedenfalls hat die Begegnung mit Luz Long als eine »24-carat friendship« erlebt. Am 9. August, eine Woche vor der Schlussfeier, reiste er aus Berlin ab, um in Köln an einem Sportfest teilzunehmen. Die Zwei begegneten sich nie wieder. Sie hätten sich geschrieben, behauptete Owens, jedoch sind keine Briefe erhalten. Long heiratete und strebte – wohl auch durch den Eintritt in die SA und NSDAP – in Hamburg eine Karriere als Jurist an und, weiterhin Amateur, die nächsten Olympischen Spiele in Tokio, die das IOC erst nach Helsinki verlegte und dann kriegsbedingt ganz strich. Owens versilberte seine Goldmedaillen. Für Geld rannte er mit Hunden, Motorrädern und Pferden um die Wette und nahm Gelegenheitsarbeiten an. Eine fünfköpfige Familie war zu ernähren. Nunmehr ein professioneller Sportler, waren ihm Meisterschaften verwehrt, die Universität verlor ihr Interesse an ihm. Im Jahre 1941 ging er ab. Er trat, gut bezahlt, für die Republikanische Partei ein, in der Bewegung der Black Power engagierte er sich nicht. In Tucson, Arizona, starb er 1980.

Als Owens, mit den Basketballakrobaten der Harlem Globetrotters auf Tournee, im Sommer 1951 erstmals wieder Deutschland besuchte, traf er in Hamburg nur noch Luz Longs wiederverheiratete Frau Gisela Wittkopp und Sohn Kai-Heinrich. Sein Freund aus olympischen Tagen lebte nicht mehr, verblutet im Juli 1943 auf Sizilien während der Invasion der Amerikaner.

Ludwig Beck (1880-1944) ist eines der bekannteren Gesichter des Deutschen Widerstandes gegen Hitler. Der Generaloberst hätte ihm nach gelungenem Attentat als Staatsoberhaupt folgen sollen. Schon im Ersten Weltkrieg als Major an führender Stelle, leitet er ab 1935 die Aufrüstung der Wehrmacht. Als aber die Reichsregierung außenpolitisch einen neuen Weltkrieg in Kauf nimmt, tritt er zurück und konspiriert mit anderen konservativen Gegnern des Diktators mit dem Ziel eines Putsches. Der misslingt am 20. Juli 1944. Ludwig Beck wird am folgenden Morgen erschossen.

Eduard Spranger (1882-1963) liegt Militärisches fern. Was den Philosophieprofessor und Pädagogen mit Ludwig Beck verbindet, ist die Mittwochs-Gesellschaft, ein Gesprächszirkel der Berliner Geisteselite, in den beide berufen werden. Spranger erreicht, dass die Pädagogik als selbständige Fachdisziplin anerkannt wird. Er beeinflusst die Lehrerausbildung in Deutschland bis in die Fünfzigerjahre. Der Verdacht, am Aufstandsversuch vom 20. Juli beteiligt gewesen zu sein (was nicht der Fall ist, obwohl Beck ihn eingeweiht hat), bringt ihn ins Gefängnis, aber er überlebt.

Beck stellt sich Spranger am 15. November 1939 in der Mittwochs-Gesellschaft als neuer Teilnehmer vor. Daraus entspinnt sich eine Freundschaft.

PRÄSIDIABEL WAREN BEIDE. Der eine hätte viertes Staatsoberhaupt der deutschen Republik werden sollen nach Hitlers auf den 20. Juli 1944 terminierten Tod. Der andere leitete im Herbst 1945 als Rektor die verwüstete Friedrich-Wilhelms-Universität (heute Humboldt Universität zu Berlin). Ihrer Berufung nach hätten die zwei Männer unterschiedlicher kaum sein können, Generaloberst der eine, Professor für Pädagogik und Philosophie der andere. Was Ludwig Beck und Eduard Spranger zusammenbrachte, war die »Freie Gesellschaft für wissenschaftliche Unterhaltung«, bekannter als Mittwochs-Gesellschaft.

Zugehörigkeit zu diesem Verein adelte. Gegründet hatten ihn Anfang 1863 sechzehn Gelehrte von Berlins Universität, Akademien und Institutionen. Er bestand 81 Jahre. Die jeweiligen Mitglieder trafen sich regelmäßig, selten vollzählig, aber immer mit dem Ziel, ihr Fachwissen zu teilen und erquickliche Stunden zu verbringen. Die Statuten waren simpel. Der Geograph Albrecht Penck als Kanzler der Sechzehn erklärte sie 1936 so, dass man »sich an festgesetzten Mittwoch-Abenden, 8 Uhr, im Laufe des Winters und Frühjahrs aller 14 Tage im Hause jenes Mitglieds einfindet, das für geistige und leibliche Nahrung sorgt. Letzteres soll in einfacher Form geschehen.« Der Gastgeber begann mit einem Vortrag aus seinem Fachgebiet, dann bat als einzige Frau seine Gattin oder Haushälterin zu Tisch. Begannen die Herren danach zu diskutieren, zog sie sich zurück und nahm erst wieder an ihrer Plauderei teil. Tagespolitik war tabu. Der Referent schrieb eine Kurzfassung seines Vortrags in ein großformatiges, schwarzes Buch. War es voll, erhielt es die Preußische Akademie der Wissenschaften zur Verwahrung. Heute hütet die zehn Bände das Bundesarchiv. Die Gesellschaft setzte sich möglichst heterogen zusammen. Mancher liebte Possen, wie der Chirurg Ferdinand Sauerbruch, der einmal »nach baltischer Art« Barbiere in seine Wannseer Villa Koblanckstraße 1 bestellte zu mitternächtlicher Haarwäsche und Rasur. Hinterher fand er, »meine Gäste in Berlin mochten es gar nicht.« Ein andermal kletterte der Diplomat Ulrich von Hassel auf den Tisch und intonierte Studentenlieder. Mancher war ernsterer Natur, wie Johannes Popitz, der eben erst ernannte Preußische Staats- und Finanzminister, bei seinem Debüt am 26. April 1933 in seinem Haus, Steglitz, Brentanostraße 50. Er sprach über »die jüngste deutsche Entwicklung« und seine Hoffnungen auf die neue Regierung. Der Kunsthistoriker Werner Weisbach war schockiert. Der »Nichtarier« hatte wenige Tage zuvor seine Professur verloren. Die Gruppe hielt zu ihm, auch der Neue, Popitz. Er sorgte dafür, dass Weisbach die Universitätsbibliothek offenblieb. Als Juden im März 1935 Schreibverbot erhielten, begegnete ihm wieder Zuspruch. Kanzler Penck am 3. April: »In unserem Kreise herrscht noch die alte Auffassung von Recht und Gerechtigkeit.« Ende 1935 ging Weisbach fort. Wehmütig dankte er den Vereinskameraden. Seinen Brief frankierte er in Basel.

Wie die Themen auch hießen, die ersten drei 1941 zum Beispiel »Über das Wesen der Lebensalter«, »Über Catilina«, »Über die Metamorphose der Pflanzen«, wie sich die Mannschaft auch änderte: Sie einte ihre humanistische, konservative Haltung. »Hier,« meint der Historiker Klaus Scholder, »zeigte sich die deutsche Bildungswelt des 19. Jahrhunderts in ihrer letzten und vollkommensten Ausprägung, ehe sie in dieser Form für immer versank.« Diese Welt zu retten, formte sich in der Mittwochsrunde ein kleiner Kreis, der dem Mahlstrom aus Intoleranz, Brutalität und Nationalchauvinismus widerstand. Zu der Konspiration zählten Johannes Popitz, Ulrich von Hassel und der Ökonom Jens Jessen, alle anfangs vom Nationalsozialismus angetan, nun abgestoßen von Krieg, Diktatur und Genozid. Und noch einer gehörte dazu: Ludwig Beck.

Im Oktober 1939 hatte der Verein den 59-Jährigen berufen. Beck kam vom Rheingau. Sein Vater war Industrieller, seiner Mutter verdankte er die Musikalität. Er spielte begeistert Violine. Ludwig Beck zog es zum Militär. Sein Weg begann bei der Artillerie in Straßburg. Ende 1916 rückte er an der Westfront in den Generalstab im Oberkommando der Heeresgruppe Deutscher Kronprinz. Im November 1917 starb im achtzehnten Ehemonat seine Frau Amalie; nie wieder heiratete, nie mehr musizierte er. Nach Kriegsende blieb er in der verkleinerten Reichswehr. Adolf Hitler beförderte ihn 1935 zum Generalstabschef des Heeres und General der Artillerie. Am 18. August 1938 bat Beck um seinen Abschied. Hitler bewilligte ihn sogleich. Er hegte Misstrauen, und das zu Recht.

Am 5. November 1937 hatte Hitler im engsten Kreis eine Rede gehalten, deren Inhalt der Wehrmachtsadjutant Friedrich Hoßbach Tage danach notierte. Die Niederschrift gab er Beck zu lesen. Österreich und die Tschechoslowakei annektieren, jawohl, die nötigen Feldzüge spätestens 1945 beenden, jawohl. Dann aber las er, dies müsse geschehen, selbst »wenn die eine oder andere Großmacht gegen uns eingreift«. Hier erschrak der Generalstabschef, denn das hieß Weltkrieg und letzten Endes »finis Germaniae«. Am 4. Februar 1938 übernahm Hitler, der militärische Laie, die »Befehlsgewalt über die gesamte Wehrmacht«. Wien wurde gewaltlos genommen, doch als wegen der geplanten Besetzung Prags Krieg drohte, schlug Beck Alarm. Er warnte den Oberbefehlshaber des Heeres Walther von Brauchitsch, ja, er ging so weit, Anfang August den zwölf ranghöchsten Generälen nahezulegen, Krieg durch gemeinsamen Rücktritt zu »bestreiken«, alles vergebens. Hitler schließlich bedeutete ihm unter vier Augen, Krieg sei alternativlos. Da trat Beck zurück.

Der Krieg war bereits im Gange, als Ludwig Beck am 15. November 1939 in die Mittwochs-Gesellschaft eintrat. Erstmals begegnete der sensible, introvertierte, mutige Generaloberst dem offenen, gesprächsfreudigen Universitätsprofessor Eduard Spranger, Mitglied der Gesellschaft seit 1934.

Spranger war Berliner. Die Eltern führten in der Friedrichstraße 79 a einen »Spielwaaren-Bazar«. Sie konnten sich für ihren Sohn das namhafte Berlinische Gymnasium zum Grauen Kloster leisten. Nach Studium und Promotion habilitierte er sich über »Wilhelm von Humboldt und die Humanitätsidee« in Berlin. Leipzig bot ihm 1911 eine Professur für Philosophie und Pädagogik. Zugleich dozierte er dort an der privaten »Hochschule für Frauen«, einem akademischen Lehrinstitut für Frauenberufe. Bald, 1915, ging er im Streit, sieben Studentinnen aus Solidarität mit ihm. Im Jahre 1919 berief ihn die Berliner Universität. Zu seinen Vorlesungen pilgerten zuweilen über tausend junge Leute. Ein Jahr bereiste er als gefeierter

Gastdozent Japan, begleitet von seiner Frau Susanne, die in Leipzig und Berlin bei ihm studiert und ihn 1934 geheiratet hatte. Gern ließ sich Spranger in Deutschland als Festredner buchen – seltener vor als nach 1933. Das Weimarer »Parteiengezänk« lehnte der Deutschnationale ab, die Nationalsozialisten erfreute, was er sagte. Bei aller Konformität, die er zeigte: Innerlich war er dieser »staatsgefährlichen Gesellschaft« feind, deren »Lügensystem« im »Chaos« enden werde. Diese Worte richtete er 1932 an seine Heidelberger Freundin Käthe Hadlich, mit der er sich 57 Jahre bis zu ihrem Tod 1960 traf und intensiv schrieb. Sprangers Ehefrau bekräftigte ihn in seiner politischen Überzeugung. Der Bildungsforscher Heinz-Elmar Tenorth urteilt 2001: Wenige Pädagogen des 20. Jahrhunderts bestimmten nachhaltiger als er »das Bild von Erziehung und ihrer wissenschaftlichen und philosophischen Thematisierung«. In der Praxis lag Sprangers Augenmerk auf Reformpädagogik, Lehrerausbildung und Berufsschulen. Als Diskussionsforum gab er ab 1925 monatlich *Die Erziehung* heraus. Im Jahre 1943 stellte er ihr Erscheinen ein; man wollte sie mit zwei NS-Blättern gleichschalten.

Spranger in der Fabeckstraße 13 und Beck in der Lichterfelder Goethestraße 9 (heute 24) knüpften freundschaftliche Bande. Beide trafen sich des Mittwochs und bei öffentlichen Anlässen, Spranger besuchte den an Darmkrebs erkrankten Beck in der ersten Jahreshälfte 1943 in der Charité und häufig gingen sie spazieren. Dem Philosophen fiel an seinem »besonderen Freund« auf, wie er sich im Gespräch seine meist kalten Hände rieb und – ganz Offizier – aufrecht stand. Er lächelte selten, verhielt sich stoisch, schweigsam und diskret, besonders bei der Frage, die ihn umtrieb, wann der »Narr« Hitler endlich am Ende war. Der »Staat darf nicht verantwortungslosen Händen überlassen bleiben«, schrieb er, »die Ehre des deutschen Namens darf nicht berauschenden Scheinerfolgen [im Krieg] geopfert werden.« Konkretes verriet er so wenig wie seine Mitverschwörer Popitz, Jessen und von Hassel, sondern lenkte ab, erzählte von dem Bunker, den er mit seinem Neffen eigenhändig baute, oder von seinem Garten und dem Haus, das er statt in Berlin lieber im Elsass stehen hätte, wo er seine schönste Zeit verlebt hatte. Spranger und er tauschten sich aus über die Bücher, die sie gerade lasen, über Wallenstein, Philosophisches (Ist alles menschliche Tun brüchig?) und Aktuelles: Die Atomenergie, am 12. Juli 1944 Mittwochs-Thema beim Direktor des Kaiser-Wilhelm- (heute Max-Planck-) Instituts für Physik Werner Heisenberg im Harnack-Haus in der Ihnestraße, werde »Wandlungen im Denken der Menschen verursachen«, meinte Spranger. Sie werde auch »die militärischen Vorstellungen von Grund auf ändern«, meinte Beck. Dachte er an eine Bombe? Eine solche eilends zu entwickeln, diesem Auftrag war Heisenberg bewusst entgangen. Ja, nach der eigenen Überzeugung zu handeln, »nicht aber jeder Wendung der Geschichte gefällig zu sein«, darin stimmten Beck und Spranger überein, Beck mit tragischem Ausgang. Der nächtliche Spaziergang nach Heisenbergs Mittwochsrunde war ihr letzter. Sie sprachen, erinnerte sich Spranger, über das »Schlachtfeld von Großbeeren. Mir fiel auf, wie eilig er wegstrebte.« Acht Tage später war der Freund tot.

Nach dem fehlgeschlagenen Attentat auf Adolf Hitler versuchte Ludwig Beck in der Zentrale der Aufständischen im Bendlerblock (heute Gedenkstätte Deutscher Widerstand), sich das Leben zu nehmen. In der Nacht zum 21. Juli 1944 starb er von fremder Hand. Der 26. Juli war der nächste Termin der Mittwochs-Gesellschaft. Eingeladen zu sich nach Lichtenrade in sein halb zerstörtes Haus im Waldweg 32 (heute Franziusweg 48) hatte der Publizist Paul Fechter, aber nur noch drei Gäste erschienen: Spranger, von Hassel und der Altphilologe Johannes Stroux. Fechter brach seinen literarischen Vortrag ab, als er merkte, wie abwesend die Anwesenden waren. Zu frisch waren die Nachrichten von Becks Tod, von Popitz' Verhaftung und zu befürchten war, dass es bald auch Ulrich von Hassel und Jens Jessen treffen würde. Fechters knappes Protokoll des kurzen Abends war der 1056. Eintrag ins schwarze Vereinsbuch und der letzte. Die Mittwochs-Gesellschaft hörte auf zu bestehen. Am 29. Juli nahmen Gestapo-Beamte von Hassel fest und im Oktober auch Jessen. Sie und Popitz starben am Plötzenseer Galgen.

Der unbegründete Verdacht, mit Beck kollaboriert zu haben, brachte auch Spranger in Moabiter Untersuchungshaft. Doch erwirkte im November der japanische Botschafter Ōshima Hiroshi bei Heinrich Himmler seine Freilassung. Wolfgang Harich, Sprangers Student und späterer Lektor, der in Japans Gesandtschaft arbeitete, hatte Susanne Spranger den Kontakt zu Frau Ōshima verschafft. Ein Jahr noch blieb Spranger an der Berliner Universität. Dann folgte er der Vermittlung des württemberg-badischen Kultministers Theodor Heuss nach Tübingen, wo er bis zu seiner Emeritierung 1950 Philosophie lehrte. Susanne Sprangers Tod an Gelbsucht am 5. April 1963 nahm Eduard den Lebensmut. Am 17. September folgte er ihr.

Ferdinand Sauerbruch (1875-1951) ist ein Star-Chirurg der ersten Hälfte des 20. Jahrhunderts. Geboren im heutigen Wuppertal, erringt er Berühmtheit durch zwei Erfindungen: Seine Unterdruckkammer ermöglicht Operationen im offenen Brustraum. Der »Sauerbruch-Arm«, eine Prothese, erleichtert Amputierten das Leben ganz wesentlich. Gesucht ist der Chirurg wegen seiner Präzision, beliebt (auch gefürchtet) wegen seiner jovialen, zuweilen widerborstigen Art. Sauerbruch ist ein Aushängeschild des nationalsozialistischen Deutschlands, aber auch ein erbitterter Gegner.

Yrsa von Leistner (1917-2008), die Bildhauerin, kommt aus München, wächst in Mexiko und den USA auf und wird, zurückgekehrt, Meisterschülerin an der Kunstakademie. Schon 1938 ist sie mit einer Plastik bei der Großen Deutschen Kunstausstellung vertreten. Im Herbst 1944 meldet sie sich als Sanitäterin und wird an die Berliner Charité geschickt. Dort praktiziert Sauerbruch. Sie soll eine Porträtplastik von ihm anfertigen. Die Begegnung mit dem berühmten Mann wird ihr ein wichtiges Erlebnis. Auch der Chirurg ist angetan von der liebenswürdigen Künstlerin.

Der raubauzige Professor entwickelt zu der sensiblen Bildhauerin ein freundschaftliches Verhältnis.

ES GING AUF NULL UHR ZU, als an einem Dienstag Ende Oktober 1944 Yrsa von Leistner im zerstörten Münchener Hauptbahnhof auf das Abfahrtsgleis des Nachtzugs nach Berlin zusteuerte. Sie hatte doppelt Pech. Erst stolperte sie samt Gepäck in einen Bombentrichter randvoll mit Wasser, dann kam die Durchsage, dass ihr Zug ausfalle. Kurz darauf aber fuhr der Schlafwagenzug vor, ihr Glück. Völlig durchnässt schlich sie hinein. Ein Ehepaar ließ sie in ihr Abteil. Sie legte sich auf den Fußboden. Eine passende Fahrkarte konnte sie dem Kontrolleur nicht vorweisen, nur stammeln: »Ich bin zu Sauerbruch unterwegs.« Schon schloss der Schaffner ihr ein Einzelabteil erster Klasse auf. Sie möge den »Freund« herzlich grüßen, sagte er, der Arzt habe ihm das Leben gerettet. Am nächsten Morgen stieg die junge Frau am Anhalter Bahnhof aus.

Die 27-jährige Baronin, Tochter eines international tätigen Architekten und einer Sängerin, war künstlerisch begabt. Yrsa versuchte sich im Schreiben, aber ohne zu veröffentlichen. Erfolg hatte sie als Bildhauerin, im Alter auch als Malerin. Schon mit sechzehn Jahren studierte sie an der Münchener Akademie der Bildenden Künste. Mit achtzehn wurde sie Meisterschülerin, und 1938 schaffte es eine erste Bronze in die Große Deutsche Kunstausstellung in München, der Kopf des Geographen Wilhelm Filchner. Der Reichskanzler zahlte, vermutlich aus dem »Kulturfonds des Führers«, für das Werk tausend Reichsmark. Als sich Monate vor Kriegsende Alte und Jungen in den Volkssturm einreihen mussten, meldete sich Yrsa freiwillig beim Deutschen Roten Kreuz zum Sanitätsdienst. Der Auftrag, überraschte sie: keine Krankenpflege, sondern Anfertigung einer Büste von Ferdinand Sauerbruch.

Der große Arzt war aus anderem Holz geschnitzt als die adlige Künstlerin. Mit zwei Jahren Halbwaise, nahmen ihn und seine Mutter deren Schwester und Vater in Elberfeld auf. Er war ein angesehener Schuhmachermeister. Nach seinem Tod setzten sich die beiden Frauen an Leder und Leisten. Ihre Mühe galt Ferdinands Zukunft. Der Vater eines verstorbenen Freundes ermöglichte ihm, in Leipzig Medizin zu studieren und in Breslau bei Johannes von Mikulicz zu volontieren. Der berühmte Chirurg regte ihn an, einen Weg zu finden, um im Innern der Brusthöhle zu operieren, ohne dass die Lunge kollabiert. Am 4. April 1904 bejubelte der Chirurgenkongress in Berlin seine Erfindung: die Unterdruckkammer. Ein Meilenstein der Medizin. Sauerbruch war gefragt.

Marburgs Klinik holte ihn 1907 als Oberarzt. Endlich konnte er seine Verlobte Ada Schulz heiraten. Fünf Kinder setzten sie in die Welt, von denen das erste an Kinderlähmung starb. Immer jedoch ging Sauerbruch der Beruf vor, erst dann kam die Familie. Im Jahre 1910 zog sie nach Zürich. Die Chirurgische Universitätsklinik berief ihn, inzwischen habilitiert, als Direktor. Seine Unterdruckkammer brachte er mit. Im Weltkrieg half Sauerbruch während der Semesterferien in einem deutschen Lazarett. Schlimm war es, Gliedmaßen junger, kräftiger Männer zu amputieren. Er entwickelte den »Sauerbruch-Arm«. Wer die teure Prothese trug, konnte sie mit den verlängerten Muskelfasern des Armstumpfes bewegen.

Im Sommer 1918 wechselte Sauerbruch nach München an die Spitze der Chirurgischen Universitätsklinik. Glanzvoll hielt er Hof, angehimmelt im Krankenhaus, an der Universität und von seinen Gästen auf der Theresienhöhe. Mit seinen sauberen, präzisen Schnitten (Rekord: eine Appendektomie in drei Minuten) operierte er ohne Ansehen der Person, ganz gleich, ob sie privat zahlte oder nicht. Seine Auftritte in den Kongress- und Hörsälen waren Ereignisse.

Auch in Berlin, wo er ab 1928 an der Chirurgischen Universitätsklinik der Charité, Schumannstraße 21, und am Klinikum, Ziegelstraße 10-11, lehrte und heilte. Täglich pendelte er dorthin von seinem Haus in Wannsee, Koblanckstraße 1 (heute: 10). Nach seiner Scheidung 1939 blieb Ada dort wohnen. Mit seiner zweiten Frau und Gehilfin, der Internistin Margot Großmann, lebte Sauerbruch fortan im Villenviertel Grunewald, Herthastraße 11 (heute: 9). Von seinem Schreibtisch aus wagte Sauerbruch, anfangs von den Nationalsozialisten angetan und hofiert, kraft seiner Autorität Kritik an deren Politik. Er protestierte gegen den Primat der Rassenideologie, die Behinderung von Lehre und Forschung, den Ausschluss jüdischer Kollegen und die planmäßige Tötung Behinderter. Ein Widerstandskämpfer war er nicht. Das waren sein vom Volksgerichtshof freigesprochener Sohn Peter und enge Freunde und Gäste in der Herthastraße, wie die Männer des 20. Juli Ludwig Beck, Johannes Popitz und Ulrich von Hassel. Mit ihnen geriet auch Sauerbruch in Verdacht.

Da meldete sich, drei Monate nach dem Attentat an Hitler, pünktlich das Fräulein von Leistner im Vorzimmer des Arztes. Eine Gesandte der Gestapo im Kittel einer Künstlerin? Was kümmerte es einen Sauerbruch! Er begrüßte sie mit seiner typischen Schnoddrigkeit und herzlichen Jovialität. Duzen gehörte dazu. Yrsa von Leistner erinnerte sich, wie sie vor seinem Sprechzimmer wartete, neben sich eine Journalistin. Da riss der Generalarzt die Tür auf und kommandierte: »›Die Künstlerin zuerst! Wer ist es, die Elegante oder die weniger Elegante?‹ – ›Die Unelegante, Herr Geheimrat‹, sagt die Kliniksekretärin. Im Augenblick später halten seine beiden Hände die meinen umfangen, und diese dunkle Stimme umhüllt mich wie ein warmer Mantel. ›Das also ist die kleine Frau, die meine Büste machen soll? Du bist wohl recht müde nach dieser langen Nachtfahrt.‹« Er hatte ihr unterm Dach eine Stube herrichten lassen und ein erstes Atelier neben dem Hörsaal. Ihre Mansarde war nur für ein Bett zugelassen. Als sie ihre ausgebombte Mutter aus der Münchener Theresienstraße holte, wohnte sie in Hotels, die wieder und wieder brannten. Schließlich gab Sauerbruch beiden Obdach in der Charité.

Der »Chef« beeindruckte sie stark, und die lebendige, liebenswerte Frau entzückte ihn. Zum Modellsitzen war er zu albern. Korrigierte sie seine Haltung, neckte er sie. Also zog sie vor, ihn bei der Arbeit abzubilden. Das vorläufige Ergebnis, sein Kopf als Gips, gefiel ihm. »Ich wollte den Sauerbruch bei der Operation darstellen, wenn die linke Braue sich hob und die Stirnader hervorquoll, nicht als ›G'schamigen‹ der Nachwelt schenken.« Yrsa tat ihm wohl. Er mochte sie um sich haben. Vor allem im OP, aber auch bei Visiten und im Hörsaal. »Wir sprachen über vieles aus dem Leben oder der Kunst.« Sie entdeckte seine Religiosität: »Die größte Tat [kann] immer nur die Verwirklichung der christlichen Liebe sein.« Seine

Kranken merkten es. »Zuweilen gingen wir gemeinsam zur Visite, und er hängte sich bei mir ein.« Mal beruhigte er einen Schwerverwundeten: »Keine Angst, mein Kind« und drückte den jungen Mann wie einen Sohn an seine Brust. Mal sah sie den Kopf des Geheimrats »neben dem eines alten Mütterchens auf dem Kissen liegen, als sei es seine eigene Mutter.« Yrsa, deren Arbeitsort eigentlich das Atelier sein sollte (sie schuf außer seiner noch andere Büsten), tat es ihm nach. Bald streichelte sie einen Patienten, der aus Mangel an Anästhetika bei Bewusstsein operiert werden musste, bald tröstete sie Traurige und unterstützte die Schwestern. Sauerbruch wollte das nicht. Ihre Kunst sei so wichtig wie seine, sagte er. Aber sie erlebte auch seine andere Seite. Wie er auf der Treppe brüllte: »Merke dir, junger Mann, wenn ältere Leute kommen, hast du zu weichen, verstanden!« Wie er einen SS-Mann aus seinem Büro warf, Mütze und Mantel hinterher. Wie er zornig Instrumente hinschmiss, wenn jemandem, selbst Margot, seiner Frau, am Operationstisch ein Handgriff misslang. Wie er mit Lob geizte, seiner fleißigen, loyalen Kliniksekretärin Maria Fritsch gegenüber und der Privatsekretärin Adeline Schulz, die bis tief in die Nächte an seinen Vorträgen feilte und morgens wieder pünktlich auf dem Posten war. »Wenn er so vital ist und nur so sprüht von Geist und Humor, dann sind wir, Fräulein Schulz und ich, völlig ausgelaugt,« stöhnte Fritsch. »Er zieht uns alle Kraft heraus.« Und er selbst? Yrsa vertraute er sich an: »›Siehst du denn nicht, daß ich müde bin?‹ Lachte ich ihn dann aus, so stimmte er mir schmunzelnd zu.« Dem berühmten Mann war wichtig, dass sie da war, hinter ihm im OP, neben ihm an den Betten. Er beschwor sie: »Du gehörst zu meinen Kranken.« Kannte sie auch die versteckten? Die Kriegsgefangenen und die im Garten der Charité humpelnde Frau, die Sauerbruchs französischem Oberarzt Adolphe Jung, als er sie in Sicherheit brachte, erklärte: »Sie müssen mich nicht behandeln, ich bin eine Jüdin.«

Weihnachten 1944. Im Flur sangen Schwestern und Ärzte. Stationsarzt, Chefarzt und – stets an seiner Seite – Yrsa gingen zu den Kranken. An einem Bett war der Münchnerin zum Lachen. Auf dem Nachttisch türmten sich Präsente. Sauerbruch: »Da sieht man es wieder, die obere Schicht.« Die Patientin: »Das macht, weil ich aus Bayern bin, Herr Geheimrat, und die Bayern eben mehr von Gemüt sind als die Preußen.« Zum Festbraten luden die Sauerbruchs Yrsa, Jung und eine Gräfin in die Herthastraße ein. Gemütvoll hätte es sein können, wären Sauerbruch und Jung nicht zu spät aus der Klinik gehetzt, der General noch in Uniform, und wäre die Nacht still gewesen, ohne Luftalarm. Bizarr verlief die Bescherung. Der Hausherr überreichte seine Geschenke pantomimisch mit leeren Händen. Das Buch, das er Yrsa zudachte, wollte er ihr geben, wenn wieder Frieden war.

Es sollte nicht dazu kommen. Yrsa und ihre Mutter zog es heim ins ruhigere Bayern. Sauerbruch musste auf Dienstfahrt. Zwei Wochen. Er bat sie, auf ihn zu warten. Sie tat es. Doch rasten die Tage, Fernzüge kaum mehr. Am Tag der Rückkehr Sauerbruchs, Karfreitag 1945, drängelten sich Mutter und Tochter in den Zug nach München. Ohne Abschied. »Noch einmal seinen Augen begegnen, das ging über die mir noch verbliebene Kraft.« Yrsa schrieb ihm und er ihr.

Sauerbruch wirkte nach Kriegsende als Gesundheitsstadtrat und Mitbegründer der Christlich-Demokratischen Union (CDU) am Wiederaufbau mit. Eine Spruchkammer bescheinigte ihm im Juli 1949, dass er sich »immer vom Nationalsozialismus fernhielt und zahlreichen aus politischen oder rassischen Gründen verfolgten Personen half.« Nach seiner Emeritierung Anfang Dezember 1949 operierte er noch in einer Grunewalder Privatklinik, Delbrückstraße 19. Die Kunstfehler, die dem inzwischen Dementen unterliefen, veranlassten ihn, seinen Beruf gänzlich aufzugeben.

Yrsa von Leistner zog 1955 nach Bonn. Bundeskanzler Konrad Adenauer war dort einer der ersten Kunden. Er orderte eine Büste von sich. Eine Kopie ihrer berührenden Plastik *Der Kriegsblinde* schenkte sie 1959 dem Verband der Heimkehrer. Sie steht in Bad Godesberg. Ihre kantigen, oft monumentalen Skulpturen kreisen um die Themen Religion und Frieden. Im Brüsseler NATO-Gebäude kniet eine *Betende* (1960), das Relief *Jüdische Passion* (1971) übergab sie Papst Paul VI., überlebensgroß erscheint *Christus* (1973) in der Kathedrale von Melbourne und ihre *Madonna of Nagasaki* (1979) reckt die Arme in Japans Himmel. Die Gruppe *Weltreligion* (1982),

Yrsa von Leistner, Büste von Ferdinand Sauerbruch

eigentlich für den Berg Karmel bestimmt, findet sich in Salzburg. Prinz Henrik von Dänemark (1985) stellte seine Büste ins Schloss Amalienborg. Am 15. Januar 1990 übergab Yrsa von Leistner der Charité eine längst fertige Bronze: den Kopf Ferdinand Sauerbruchs. Er steht heute in der Chirurgischen Abteilung des Charité Campus Virchow-Klinikum in Wedding.

In Sankt Augustin, Wohnort der Künstlerin seit 1970, gilt ihre Skulptur des Stadtpatrons als Wahrzeichen. Dem Platz vor dem Technischen Rathaus gab man im September 2021 ihren Namen. Sauerbruchs Name soll mancherorts von den Straßenschildern verschwinden. Er habe, so beurteilen manche heute seine Lebensleistung, weniger der Menschheit gedient als den Nazis.

Wilhelm Furtwängler (1886-1954) hat noch immer seine Anhänger. Der in München aufgewachsene Dirigent ist vor allem bekannt als Chef des Berliner Philharmonischen Orchesters. Seine erhabene Weise zu dirigieren, auf Mitschnitten bis heute erlebbar, fasziniert. In nationalsozialistischer Zeit steht er vor dem Dilemma, auszuwandern oder nicht. Er bleibt. Viele befremdet dies. Man verdächtigt ihn der Nähe zu den braunen Mördern. Zu Unrecht. Ein jüdischer amerikanischer Starviolinist konzertiert mit ihm bald nach Kriegsende und reicht ihm die Hand. Furtwängler ist rehabilitiert.

Yehudi Menuhin (1916-1999) ist ein musikalisches Wunderkind. Sein Vater schickt ihn schon als Knabe in die großen Konzertsäle der Welt, auch in die Berliner Philharmonie. So sehr der Junge es sich wünscht: Zu einem Konzert mit Furtwängler kommt es nicht. Als er Yehudi einlädt, ist es zu spät. Juden, wissen die Menuhins, sind in Berlin unerwünscht. Sie schlagen die Einladung aus. Sobald es aber möglich ist, kommt er wieder nach Berlin. Beethovens Violinkonzert mit Furtwängler und den Berliner Philharmonikern betrachtet er als einen Höhepunkt in seinem reichen Leben.

Menuhin und Furtwängler lernen sich 1946 in Luzern kennen und musizieren dort im August 1947. Ihre Konzerte Ende September in Berlin stoßen auf heftigen jüdischen Protest.

VIEL JÜNGER KANN EIN KIND eine große Bühne kaum betreten. Mozart tat dies in München mit sechs Jahren, Daniel Barenboim in Buenos Aires als Siebenjähriger und Clara Wieck, spätere Schumann, im Leipziger Gewandhaus mit neun. Yehudi Menuhin, das New Yorker Wunderkind, war in Mozarts Alter, als er am 9. November 1922 im Civic Auditorium von San Francisco (11.000 Plätze!) mit seiner Violine debütierte. Sieben Jahre später, nach seinem Auftritt in Berlins Philharmonie, folgte ihm aus dem überbordenden Beifall des Publikums heraus ein Zuhörer über die Bühne hinweg in sein Künstlerzimmer und umarmte ihn: »Jetzt weiß ich, dass es einen Gott im Himmel gibt.« Der Enthusiast, auch ganz gefällig auf der Geige, hieß Albert Einstein.

Der Dirigent an diesem Abend hieß Bruno Walter, der Chefdirigent des Berliner Philharmonischen Orchesters war Wilhelm Furtwängler. Von 1922 bis 1954 prägte er das Ensemble (bis heute gibt es fünf Nachfolger am Pult: Leo Borchard, Herbert von Karajan, Claudio Abbado, Simon Rattle, Kirill Petrenko). Dem jungen Menuhin war der berühmte Furtwängler ein Idol. Einmal mit ihm musizieren ...

Als der Maestro ihn dazu einlud, Ende Juni 1933, musste der Siebzehnjährige verzichten. Sein Vater Moshe kabelte die Absage am 4. Juli nach Berlin. Yehudi und seiner älteren Schwester Hephziba, häufig Konzertbegleiterin und selbst gefeierte Pianistin, war Moshe ein Manager. Er ließ sie international ausbilden (wobei der Junge auch Deutsch lernte) und vereinbarte Auftritte. Die Hauptstadt des Nationalsozialismus aber war dem jüdischen Kaufmannssohn ein Unort. Moshe Menuhin beantwortete Furtwänglers Einladung diplomatisch: »Sobald der Kunst auf menschlich und gesellschaftlich gleicher Ebene gedient werden kann, wird Yehudi überglücklich sein, jeden nur möglichen Dienst dem Land und dem Volk zu leisten, das wir für das zivilisierteste, kultivierteste und musikliebendste der Welt halten.« Der Hebräischlehrer hatte menschlich und gesellschaftlich genug erlebt. »Verbannt und verfolgt« sah

Moshe sich im Getto seiner belorussischen Heimatstadt. Er emigrierte nach Palästina und ging zum Studium nach New York, wo er und seine Frau Marutha universitätsnah eine Wohnung fanden. Der Vermieter: »Es wird Ihnen hier gefallen! Die Atmosphäre! Die Exklusivität! Hier werden keine Juden geduldet!« Marutha: »Guter Mann, wir *sind* Juden!« Offenbar hatte den guten Mann ihr Anblick geblendet, das blonde Haar und die blauen Augen. Sie schwor: »Wenn ich je einen Sohn bekomme, soll er YEHUDI heißen. Mit diesem Namen soll er siegen oder untergehen.« Yehudi, wörtlich übersetzt: »des Juden«, siegte. Als er neunzehn war, hatte er die Welt bereist, die Violine am Kinn, die namhaftesten Dirigenten neben sich. Außer Furtwängler.

Wilhelm Furtwängler war eine Generation älter als er. Sein Weg führte aus der Maaßenstraße 25 (heute: 1) in Schöneberg bei Berlin, wo ihn seine Mutter Adelheid als erstes Kind gebar, nach München, wohin 1894 sein Vater Adolf, der namhafte Archäologe, einer Berufung als Professor folgte. Da saß der siebenjährige Willi bereits am Piano. Die stolzen Eltern waren sich über sein Talent einig, über seine Chancen nicht. Der Vater: »Im Gebaren nichts schneidig Lebhaftes, Sieghaftes.« Die Mutter: »Wenn der so fort macht, kann er was tüchtiges werden.« Er wurde es. In München erhielt er Unterricht in Komposition und am Klavier. Auf Dauer trat das Komponieren hinter dem Dirigieren zurück. Fast jährlich wechselten die Arbeitsorte, erhöhten sich die Gagen: Berlin, Breslau, Zürich, Straßburg, München, Lübeck, Mannheim. Anfang der Zwanzigerjahre häuften sich die Verträge: Chef der Berliner Staatsoper, Konzertdirektor der Gesellschaft der Musikfreunde in Wien, Kapellmeister des Leipziger Gewandhausorchesters und Chefdirigent des Berliner Philharmonischen Orchesters. Der begeisterte Bergwanderer hatte den Gipfel des Olymps erklommen.

Was macht Furtwängler so einzigartig? Warum edieren Musiklabels Furtwängler immer wieder, wie im September 2021 Warner Classics 55 CDs mit Konzertmitschnitten der Jahre 1926 bis 1954? Vermutlich liegt es an der zeitlosen Modernität seiner Ideen von Interpretationen, die es vermögen, Generationen von Hörerinnen und Hörern zu verblüffen und zu überraschen, um ihnen somit immer wieder neue mögliche Wege zu den Werken aufzuzeigen, die ihnen scheinbar so vertraut sind.

Furtwänglers Name erstrahlte hell. Auch die Bayreuther Festspiele übernahm er. In engem Zusammenwirken verschmolzen er und die Philharmoniker, damals noch in der Bernburger Straße, zu seltener Einheit. Tourneen führten sie durch die USA und Europa. Tonaufnahmen abhold, willigte Furtwängler doch von Mal zu Mal ein – heutigem Publikum zur Freude. Bei offiziellen Feiern zeigte er sich mit seinem Ensemble ungern. Er war, anders als Menuhin, unpolitisch. Sich ganz herauszuhalten, etwa am Nationalfeiertag (11. August), war nicht möglich. Letztlich lebten er und sein Orchester von der öffentlichen Hand. Seine Jahresgage als Chefdirigent betrug Anfang der Dreißigerjahre 65.000 Reichsmark, etwa 325.000 Euro nach heutigem Geldwert.

Der Machtwechsel 1933 gebot Furtwängler, einem Weltstar, Stellung zu beziehen. Viele, vor allem im Ausland, erwarteten seine Emigration, er erwog sie auch, blieb aber und lavierte. Das nationalkonservative Bürgertum, dem er entstammte, schätzte Juden allgemein gering. Jene in seinem künstlerischen Umkreis baten ihn dennoch um Hilfe. Der letzte »Volljude« verließ die Philharmoniker zu Furtwänglers Ärger Ende 1935. Er erstritt ihm jedoch eine hohe Abfindung und ließ sie in die USA überweisen. »Dann hat er noch ein paar Halbjuden«, notierte Joseph Goebbels 1937. »Die hat er ja immer.« Richard Wagners Enkelin Friedelind wurde 1936 in Bayreuth Zeugin von Furtwänglers Schlagfertigkeit, als Hitler dem Widerborstigen mit Konzentrationslager drohte: »Herr Reichskanzler, dann werde ich in guter Gesellschaft sein.« Einen Bratschisten der Berliner Staatskapelle holte der Dirigent 1943 aus Dachau zurück und vermittelte ihm Arbeit im Musikverlag Bote & Bock.

Ambivalenzen: Furtwängler machte sich für die »entarteten« Komponisten Arnold Schönberg und Paul Hindemith stark, willfahrte den Konzertwünschen höherer Stellen, behielt aber auch den »Juden« Mendelssohn-Bartholdy im Programm. Weder brachte er »Heil Hitler« über die Lippen noch trat er der NSDAP bei, ließ sich aber von Hermann Göring den gut dotierten Ehrentitel eines Preußischen Staatsrats anheften. Er dirigierte in Gala am Abend des Tags von Potsdam 1933 und bei Nürnberger Reichsparteitagen, jedoch nie das Horst-Wessel-Lied. Er trat im Dezember 1934 zur Genugtuung der Hitlergegner als Chef der Philharmoniker zurück – fünf Monate später dirigierte er sie wieder. Er lehnte ab, in okkupierten Ländern aufzutreten und tat es, Pfiffe und Proteste im Ohr, dennoch. Hatte er 1933 in einem Brief an Goebbels gegen die Entlassung jüdischer Künstler geschimpft, so vermerkte der Propagandaminister 1942 zufrieden: »Dieser Mann [...] stellt sich für alle meine Arbeiten bereitwilligst zur Verfügung.«

Entsetzt beobachtete man »Furchtwänglers« (Thomas Mann) scheinbare Konformität im Ausland. Yehudi Menuhin in New York aber lobte seinen Einsatz für jüdische Musiker und seine Weigerung, im besetzten Paris zu dirigieren. Mit seinem Instrument im Gepäck nahm der Geiger auf seine Weise am Weltkrieg teil. Seit Ende 1941 betreute er Truppen in Alaska, im Pazifik und in Europa. In London verliebte er sich in die Tänzerin Diana Gould, die er nach der Scheidung von seiner ersten Frau Nola heiratete. Baldigst reiste Menuhin nach Deutschland. Seine ersten Konzerte, am 27. Juli 1945, gab er mit Benjamin Britten am Klavier – in Bergen-Belsen. Das Lager war bereits abgerissen. Die Überlebenden, noch ohne neue Heimat, bewohnten die SS-Kaserne. Im Kultursaal erklang nun Musik für *sie*. Zuhören fiel den ausgemergelten Männern und Frauen schwer. Schlimmstes hatten sie hinter sich. Menuhin spendete zugunsten dieser »displaced persons« eine beträchtliche Summe.

Und jemand anderes lag ihm am Herzen: Wilhelm Furtwängler. Er war Anfang Februar 1945 doch noch emigriert, in die Schweiz. Im Mai 1946 traf ihn Menuhin bei einer Hochzeitsfeier in Zürich. Furtwängler, dem Dirigate bis zu seiner Entnazifizierung untersagt waren, dankte ihm für seine Unterstützung. »Die Tatsache, dass man im eigenen Land bleibt«, hatten Vater und Sohn Menuhin der US-Militärregierung telegrafiert, »genügt allein nicht, um einen Menschen zu verurteilen. Er rettete und bewahrte den besten und einzig rettbaren Teil seiner angestammten Kultur, und dafür stehen wir in seiner Schuld.«

Am 29. August 1947 bei den Luzerner Musikfestwochen spielte Menuhin endlich mit Furtwängler und dann gleich wieder – in der

Yehudi Menuhin musiziert gemeinsam mit den Berliner Philharmonikern unter Wilhelm Furtwängler, Titania-Palast, 1947

zerstörten Reichshauptstadt. Auf Einladung des US-Stadtkommandanten besuchte Menuhin Berlin vom 27. September bis 3. Oktober. Gemäß seinem Motto »Helfen, geben, dienen, anspornen, die Wunden des Hasses heilen« wollte er, wie in Bergen-Belsen, auch vor »displaced persons« in Berlin spielen. Busse standen bereit, um sie aus dem Düppeler Auffanglager zu den Tivoli-Lichtspielen in die Berliner Straße 97 (heute: Tempelhofer Damm 226) zu fahren, ein Kino mit über tausend Plätzen. Vierzehn waren besetzt, zählte Diana, als ihr Verlobter auftrat. Man wollte ihn bloßstellen, weil er, ein Jude wie die KZ-Opfer, mit Furtwängler, einem Deutschen wie die SS-Schergen, musiziert hatte.

Menuhin spielte vor britischen und US-Soldaten, danach am 30. September vor Berliner Publikum im Titania-Palast und tags darauf zum Besten der klein gewordenen Berliner Jüdischen Gemeinde in der Staatsoper (heute Admiralspalast). Es wurden bewegende Begegnungen. Menuhin schüttelte Hände von älteren Philharmonikern, die schon 1929 mit ihm als Kind musiziert hatten. Im Titania-Palast stand Mendelssohns Sommernachtsouvertüre und zweimal Beethoven auf dem Programm. Zur Pause zeigte sich Menuhin mit Furtwängler auf der Bühne Hand in Hand und spielte, als sich der Applaus nicht legte, eine Zugabe. Am Ende des Abends wollte der

Beifall erst recht nicht enden. Also gab Menuhin noch das Preludio aus Bachs Partita Nr. 3 in E-Dur zu. Er war ergriffen. Nie wolle er das Violinkonzert von Beethoven unter jemand anderem spielen, verkündete er. »Ich war so hingerissen, daß ich dieses Kostbare, dieses Einmalige nie zerstören wollte, sondern verklingen lassen in meinen Ohren, wie Furtwängler dies Konzert dirigiert hat.« Aber Menuhin ging es nicht nur darum, wie er schrieb, »großartige deutsche Musik mit dem großartigsten deutschen Dirigenten« aufzuführen, nein, es ging besonders um ein Zeichen der Versöhnung. Erwin Kroll im *Tagesspiegel* vom 2. Oktober 1947: »Man kann das klingend Humane des Beethovenschen Violinkonzertes nicht klarer und keuscher offenbaren als Yehudi Menuhin es tut, der alles aus der Sphäre des Privaten in eine bessere Welt hebt, in der irdische Lust und Qual keinen Platz mehr haben.« Karl Rehberg am selben Tag im *Telegraf*: »Die Einkünfte dienen teils der Abwehr der spinalen Kinderlähmung, teils der Unterstützung bedürftiger Musiker. Wir begegneten nicht nur einem großen Künstler, sondern auch einem hochherzigen Menschen.«

Trotz aller Anfeindungen seiner Glaubensbrüder musizierte der »Verräter Menuhin« mit Furtwängler weiterhin. Für »eine bessere Welt« wirkte der Virtuose auch nach dem Tod seines Freundes: mit zahllosen Benefizkonzerten, herausragend »East meets west« 1967 vor der UN-Vollversammlung, und mit seiner Arbeit für die UNESCO, die Yehudi Menuhin School in Stoke d'Abernon und die Yehudi Menuhin Stiftung in Brüssel. Dabei bewahrte er sich, auch in den letzten sechs Lebensjahren als »Right Honorable Lord«, seine freundliche, bescheidene Zugewandtheit.

Wolfgang Harich (1923-1995), ein gebürtiger Ostpreuße, ist Jankas Mitarbeiter. Er hat einen bourgeoisen Hintergrund, studiert Philosophie und kommt so zum Kommunismus. Den Weltkrieg übersteht er als Deserteur. An der Berliner Humboldt-Universität erhält er einen Lehrauftrag für Pädagogik. Er habilitiert sich. Der Aufbau Verlag bietet ihm eine Stelle als Lektor. Zusammen mit Janka und anderen überlegt er, wie die DDR besser werden könnte. Das wird entdeckt. Die folgenden Vernehmungen zermürben Harich. Er belastet Janka und erhält dennoch eine hohe Freiheitsstrafe.

Walter Janka (1914-1994) führt seine Herkunft aus einer vielköpfigen Chemnitzer Proletarierfamilie zum Kommunismus. Er wird Schriftsetzer. Die Zeit des Nationalsozialismus verbringt er in Gefängnissen, bis man ihn in die Tschechoslowakei abschiebt. Er kämpft im Spanischen Bürgerkrieg und muss ins Exil gehen. In Mexiko sammelt er Erfahrungen in der Verlagsbranche, die ihm nach dem Krieg beim Aufbau Verlag in Berlin (Ost) zugutekommen. Seine viel zu liberale Verlagsleitung erregt Verdacht. In einem Schauprozess wird er 1957 zu einer Freiheitsstrafe verurteilt.

Janka und Harich lernen sich 1950 im Aufbau Verlag kennen und arbeiten erfolgreich zusammen. Ihre Freundschaft zerbricht für immer, als Harich in Jankas Schauprozess gegen ihn aussagt.

ES GEHT UM EINE FREUNDSCHAFT, die zerbrach beziehungsweise zerbrochen wurde und die, weil nicht mehr gekittet, in Feindschaft endete. Es geht um das Mit- und Gegeneinander zweier Männer von gegensätzlichstem Herkommen und gemeinsamem Hinwollen, nämlich zu einem möglichst echten, lebenswerten deutschen Sozialismus. Die Rede ist von Walter Janka und Wolfgang Harich.

Die Zwei trafen sich in Berlin, und zwar beim Aufbau Verlag. Es war im Jahre 1950. Da hatte Janka bereits eine weite Reise hinter sich. Geboren in die achtköpfige klassenbewusste Familie eines Chemnitzer Werkzeugschlossers, lernte er Schriftsetzer und wurde kommunistisch tätig. Die nationalsozialistische Zeit über sperrte man ihn ein, in Chemnitz, Bautzen, im Konzentrationslager Sachsenburg, bis ihn die SS über die tschechische Grenze abschob. Von Prag zog er in den spanischen Bürgerkrieg. Nach Francos Sieg machte Janka mehrere französische Internierungslager durch. Aus dem letzten, Les Milles, entkam er 1941 nach Marseille. Dort lebte in der Resistance gegen die Deutschen die aus Paris geflohene Übersetzerin Charlotte Scholz. Sie verliebten sich. Lotte versteckte Walter und ernährte ihn mit ihren Lebensmittelkarten. Über Casablanca gelangten sie ins sozialistische Mexiko. Dort begründeten sie El libro libre mit, den wichtigsten Verlag deutscher Exilliteratur in Amerika. Kontakte zu Autoren wie Anna Seghers, die Brüder Mann oder Lion Feuchtwanger sollten nach dem Krieg wichtig werden. Anfang 1947 kehrte das Paar nach Deutschland zurück, selbstverständlich in den Teil, wo sich der Sozialismus im Aufbau befand. Im selben Jahr ließen Walter und Lotte sich trauen. Eltern zweier Kinder, blieben sie verheiratet, bis sein Tod sie schied. Kurz saß Janka in der Leitung der sozialistischen Einheitspartei (SED), die ihn als Organisator des Partei- und Sicherheitsapparats im Land Sachsen-Anhalt vorsah. Er lehnte ab. Kein Funktionär war er, kein Schnüffler, sondern Verfechter einer freien Kultur. Der Aufbau Verlag schien ihm der rechte Ort. Gegründet vom Kulturbund in den ersten Tagen wiedererwachenden demokratischen Lebens in Deutschland, verteidigte er seine Autonomie gegen die mehr und mehr stalinistische SED. Im Verlag herrschte das ehrliche, offene Wort, die unbelauschte freie Meinung. Kulturminister Johannes R. Becher, selbst Poet und Schriftsteller, schützte diese Oase geistiger Libertät, soweit er Mut und Macht besaß, vor den unfehlbar Weisen im Politbüro der SED, Walter Ulbricht zuoberst. Im Januar 1950 begann Janka im »Aufbau«, 1953 nahm er den Platz des Verlagsleiters im 3. Geschoss der Französischen Straße 32 ein.

Eine Etage darunter arbeitete seit 1950 im Lektorat Wolfgang Harich, fast neun Jahre jünger als Janka, weniger hemdsärmelig als er, jedoch eloquenter, feingeistiger, freilich ohne den vorteilhaften Stallgeruch proletarischer Herkunft. In Königsberg (heute Kaliningrad) geboren, wuchs Harich bei Neuruppin in der Villa einer vermögenden Familie, publizistisch tätig seit Generationen, auf und in die vornehme Welt Berlins hinein. Schon als Schüler hörte er an der Universität bei den Philosophen Eduard Spranger und Nicolai Hartmann, neben dem Ungarn Georg Lukács seine Idole. Harichs Widerborstigkeit und Ironie (in einem Aufsatz schlug der Primaner vor, Goethes, Schillers und Lessings Humanitätsduseleien als nicht mehr zeitgemäß »den Flammen zu übergeben«) vermasselten ihm das Abitur. Man schloss ihn aus. Mit achtzehn kam er 1942 an die ukrainische Front, konnte aber desertieren. Neben anderen verbargen ihn die Schauspieler Viktor de Kowa und Paul Wegener bei sich. Vor allem Lukács' »Geschichte und Klassenbewußtsein« brachte Harich zum Kommunismus. Im Jahre 1946 trat er der KPD bei. Für mehrere Zeitungen schrieb er beachtete Theaterrezensionen. Befreundet war er mit dem Kritiker Friedrich Luft. Die Humboldt-Universität übernahm ihn – ohne Abitur, aber nach einer Sonderprüfung – 1948 als Dozent für Pädagogik, er promovierte 1951 über »Herder und die bürgerliche Geschichtswissenschaft« und habilitierte sich. Im Jahre 1954 avancierte er im Aufbau Verlag zum Cheflektor.

Da war Stalin seit einem Jahr tot. Hoffnungen, auch in der DDR, keimten, das Leben würde nun freier werden. Groß war die Enttäuschung. Die in der Verfassung verbürgten Grundrechte blieben weiterhin außer Acht. Aufstände stießen in den Straßen Berlins, Poznans und Budapests auf russische Panzer und endeten häufig mit Freiheits- oder Todesstrafen. Die Unruhe fieberte, wie sollte es anders sein, auch durch den Aufbau Verlag.

Cheflektor und Verlagsleiter waren befreundet. Harich hatte Janka, der in dem »Laden Zucht und Ordnung« erhalten musste, anfangs nicht viel abgewinnen können. Je eingespielter sie arbeiteten, desto näher kamen sie sich jedoch. Harich: »Wir beten uns gegenseitig an und übersehen die Fehler und Schwächen des anderen.« Janka sähe in ihm einen genialen Kopf, »aber nicht meine menschliche Unreife und Unfertigkeit, meine mitunter ans Infantile grenzende Naivität« und »am wenigsten ist ihm klar, daß ich zum Größenwahn neige.« Harich, wiederum, bewunderte an Janka seine kampferfüllte Vita und wie er, der Arbeitersohn, die Augenhöhe eines Thomas Mann erreichte, übersah aber Jankas Dickschädel, seine geringe Bereitschaft zur Selbstreflexion und sein »Abenteurertum« – welches allerdings *beide* teilten. Die Freundschaft war tief. Janka nahm Anteil, als sich Harichs zweite Ehefrau Isot Kilian, Schauspielerin am Berliner Ensemble, verliebt in Bertolt Brecht, von ihm scheiden ließ. Als die Stasi seine neue Partnerin und spätere dritte und vorletzte Ehefrau, die Studentin Irene Giersch, inhaftierte, polterte Janka los, er »würde die Sicherheitsleute am liebsten alle an die Wand stellen.« Nach der Scheidung zog Harich in die Winsstraße zu seiner Mutter Anne-Lise (als Retterin von Juden, übrigens, eine »Gerechte unter den Völkern«). Janka sah er gewöhnlich im Büro und privat in dessen Haus im Kleinmachnower Heidereiterweg 32. So auch am 21. November 1956. Acht Tage später war Harich verhaftet und noch eine Woche später Janka, Schauprozesse vor sich, die einschüchtern sollten: Seht her, so ergeht es allen, die sich jetzt im Zeichen der Entstalinisierung erdreisten, mehr Demokratie in der DDR zu wollen. Gab es einen triftigen Grund für die Haftbefehle?

Nein, aber der Generalstaatsanwalt konstruierte einen, Landesverrat. Den Stoff dazu bot Harich. Er war in jenem November nach Hamburg und Berlins Westsektor gefahren, um Gespräche mit dem Spiegel-Herausgeber Rudolf Augstein und dem SPD-Landesvorstand zu führen. Harich erdachte für die DDR nach Stalin einen spezifisch deutschen Kurs hin zu einem demokratischen Sozialismus, ähnlich Titos Jugoslawien. Das erforderte Umbauten und Personalien in Ministerrat und SED, als kühnste die Absetzung Walter Ulbrichts als Erstem Sekretär des Zentralkomitees. Blauäugig bat Harich den sowjetischen Botschafter Unter den Linden, Georgi M. Puschkin, um dessen Meinung zu seinen Gedankenspielen. Der Diplomat gab sich schmallippig. Wortreicher berichtete er Ulbricht. Der lud Harich zum warnenden Gespräch und gab Generalstaatsanwalt und Staatssicherheit Arbeit. Dann, am 21. November 1956, Jankas Kaffeeklatsch: Er hatte vier Gäste aus Berlin, die Interesse an einer Umgestaltung der DDR zeigten, und ihre Frauen eingeladen, selbst abgeholt oder in der Verlagslimousine nach Kleinmachnow chauffieren lassen, es gab Kuchen, es wurde geplaudert und gelacht (zu witzig, der Harich!), dann wurde es ernst. Es ging um die politischen Ideen des Cheflektors, mehr Demokratie, mehr Sozialismus. Zum Abschied bat ihn Janka, Gedanken und Besprochenes in ein Memorandum zu gießen. Zu lesen bekam er es nicht mehr, und das war Jankas Glück.

Denn so intensiv die »Ermittler« nachher die Belegschaft des Aufbau Verlags verhörten, so zermürbend sie bei Tag und bei Nacht die Angeklagten (außer Janka und Harich noch fünf andere) in der zentralen Untersuchungshaftanstalt in Hohenschönhausen vernahmen: An Janka prallte alles ab. Ein Putschversuch ließ sich ihm nicht anhängen. Anders der junge Harich. Ihm machten die Haftbedingungen und Drohungen schwer zu schaffen. Eingeschüchtert packte er aus und gab zu, was man hören wollte, ob es stimmte oder nicht. Janka war später, als er davon erfuhr, entsetzt: »Keinen Genossen oder Mitarbeiter, mit dem er zu tun hatte, ließ er aus. Direkt oder indirekt beschuldigte er alle«, also auch ihn, Janka, selbst. Er hingegen bestritt alle Anwürfe, es sei denn, sie waren bereits erwiesen: Nein, ein Staatsstreich lag ihm fern, und Harich und den anderen auch. Minister Erich Mielke, einst sein compañero an der Front gegen Franco, verhörte ihn persönlich und wurde handgreiflich. Janka verbat sich das und blieb einsilbig. Am Ende verhandelte das Oberste Gericht der DDR in der Invalidenstraße Harichs und

Jankas Fälle nacheinander. »Boykotthetze gegen demokratische Einrichtungen und Organisationen« (Art. 6 der Verfassung) hieß der Vorwurf. Harich, dessen kommunistische Haltung das Gericht bezweifelte, erhielt nach drei Verhandlungstagen am 9. März 1957 eine Freiheitsstrafe von zehn Jahren Zuchthaus, Janka am 26. Juli fünf Jahre. Ihm hielt der Richter seinen antifaschistischen Kampf zugute. Die Mitangeklagten kamen günstiger davon. Rechtsmittel einzulegen war nicht möglich.

Harichs rätselhaftes Verhalten kostete ihn Sympathien und Freunde. Denn, fragten sie sich, was trieb einen wie ihn dazu, zum Schluss jener Prozess-Schau fügsam Reue zu zeigen, brav Selbstkritik zu üben und im Beisein des in den Gerichtssaal beorderten Publikums seinen Kotau vor der anwesenden gefürchteten Ministerin für Justiz Hilde Benjamin zu machen? »Ich möchte meinen Dank abstatten, und zwar an die Staatssicherheit der DDR [...]. Wenn man mich nicht festgenommen hätte, dann wäre ich heute nicht reif für die zehn Jahre, die der Herr Generalstaatsanwalt beantragt hat, sondern für den Galgen.« Wie kam dieser Wolfgang Harich dazu, noch *nach* diesem niederschmetternden Richterspruch seitenlang in Tinte gegen seinen Freund Walter Janka auszusagen und in dessen Prozess als Kronzeuge aufzutreten? Harich rechtfertigte sich damit, dass man ihm die Todesstrafe angedroht hatte und das, was er zu Papier brachte, eh wusste. Schwer zu verstehen war diese Krummbuckelei für einen abgebrühten Kämpfer wie Walter Janka, durch die harte Schule des KZ gegangen, in Spanien dreimal verwundet zu einer Zeit, da Wolfgang Harich, bourgeoiser Pennäler, noch pubertierend seine Pauker reizte. Janka nahm Harich den Mangel an Haltung vor Gericht ein Leben lang übel.

Beider Haftdauer wurde verkürzt. Jankas Entlassung verfügte Ulbricht Ende 1960; erst da flauten die internationalen Proteste ab. Harich wurde 1964 anlässlich des 15. Republikfeiertags amnestiert. Beide fassten beruflich wieder Fuß, Janka als Dramaturg bei der DEFA, Harich in freier Mitarbeit für den Akademie-Verlag, und als Autoren, Janka über den Spanischen Bürgerkrieg, Harich über Ludwig Feuerbach, Jean Paul und zuletzt die Notwendigkeit eines ökologisch orientierten Kommunismus. Bis 1979 lebte er mit der Sängerin Gisela May zusammen. Sie stützte ihn emotional wie materiell - auch über ihre Trennung hinaus - und finanzierte (mit Rudolf Augstein) ihm sogar eine Herzoperation in der Schweiz. Im Jahre 1985 heiratete Harich zum vierten und letzten Mal.

Jankas Buch »Schwierigkeiten mit der Wahrheit«, am 28. Oktober 1989 von dem Schauspieler Ulrich Mühe im Berliner Ensemble gelesen, löste Nachdenken über das Woher und Wohin der DDR aus. Harichs Frau Anne saß in der Vorstellung. Er selbst hörte die Übertragung der Lesung im Radio, auch die in den Worten mitschwingenden Vorwürfe gegen ihn. Es galt, sie zu entkräften. Die Sympathien in den Medien jedoch hatte zumeist Janka für sich. Das Oberste Gericht der DDR kassierte die unrechtmäßig ergangenen Urteile von 1957. Beide traten der Partei des Demokratischen Sozialismus bei, Harich auf Seiten Sahra Wagenknechts in der Kommunistischen Plattform. Die verfeindeten Freunde sahen sich zwar noch, das blieb nicht aus, miteinander gesprochen aber haben sie nie wieder.

Ulrike Meinhof (1934-1976) hat sich als sozial engagierte Journalistin einen Namen gemacht. Sie ist in den Medien präsent, zumal in den umtriebigen späten Sechzigerjahren. Als sie merkt, wie wenig ihr Schreiben und Diskutieren bewegt, gründet sie mit anderen wie Gudrun Ensslin und Andreas Baader die Rote Armee Fraktion, die Gewalt als politisches Mittel einsetzt. Im Juni 1972 nehmen Polizisten sie fest. Vor dem Landgericht Berlin muss sie sich 1974 wegen der bewaffneten Befreiung von Andreas Baader verantworten. Danach wird sie nach Stuttgart-Stammheim zurückgebracht. Zwei Jahre später findet man sie in ihrer Zelle tot auf.

Kurt Scharf (1902-1990) hat bereits ein bewegtes Leben hinter sich, als er 1966 evangelischer Bischof von Berlin-Brandenburg wird. Wie ein »blinder Gaul« lässt er, ein bekennender Christ, sich von Gott führen in den Kampf gegen Nationalsozialismus und real existierenden Sozialismus. Seine Bescheidenheit macht es ihm leicht, den Widrigkeiten zu trotzen. Er weiß sich damit eins mit festen Glaubensfreunden bis hinauf zu Gustav Heinemann, dem Bundespräsidenten. Als ein im Matthäusevangelium gefordertes Werk der Barmherzigkeit betrachtet er seinen Besuch einer vom rechten Weg Abgekommenen in deren Gefängniszelle.

Der Bischof besucht die Strafgefangene am 23. Oktober 1974 in der Untersuchungshaftanstalt Berlin-Moabit, um sie von einem Hungerstreik abzubringen und kommt dabei mit ihr ins Gespräch über Grundsätzliches.

WAS WAR DA LOS Mitte der Siebzigerjahre in West-Berlin? Was erlaubte Journalisten, einen Bischof als »Briefträger des Terrors« abzukanzeln und einen Vikar als »Revoluzzer im schwarzen Gewand der Brüder«? Was riss eine Journalistin zum Schreckensruf hin: »Kirche und Staat sind in Gefahr!« Was demgegenüber legte Heinrich Böll, einer entfesselten Presse Paroli bietend, den Kampfbegriff »Christenverfolgung« in den Mund und Gustav Heinemann den Hinweis, dass das Geschehen geboten sei durch »das revolutionärste Buch, das wir besitzen«: das Neue Testament. Was um des Himmels Willen war passiert am 23. Oktober 1974?

Eine Begegnung fand statt, ein Gespräch. In der Untersuchungshaftanstalt Berlin-Moabit. War es eine konspirative Handlung oder ein Werk der Barmherzigkeit, nämlich ein Besuch bei Gefangenen, ungeachtet der Ursache ihres Freiheitsverlusts?

Bischof Kurt Scharf jedenfalls meldete sich an jenem Herbsttag in Begleitung der evangelischen Sozialarbeiterin Undine Zühlke beim Pförtner der Haftanstalt. Ihr Besuch galt Ulrike Meinhof und Verena Becker, Mitgliedern der Roten Armee-Fraktion (RAF). Der Justizsenator und die für ihre Fälle zuständigen Richter waren einverstanden. Sowohl in Stuttgart als auch in Berlin bereiteten sie Strafprozesse vor, unter anderem wegen Mordes, Mordversuchen, Gefangenenbefreiung (Andreas Baaders) und Sprengstoffanschlägen. Bischof Scharf und Frau Zühlke ließen sich zu Frau Becker in den »Turm« der Anstalt bringen, wohin aus der Nachbarzelle auch Frau Meinhof kam. Sie hatte man am 27. August 1974 aus Stuttgart-Stammheim nach Berlin-Moabit verlegt, vierzehn Tage vor Prozessbeginn am 10. September, an dem beide Frauen aus Protest gegen die empfundene »Vernichtungshaft« zu hungern begannen. Scharf und Zühlke trafen sie nach 43 Tagen des Fastens sehr geschwächt an, Frau Becker im Bett. Der Bischof und seine Begleiterin wollten die zwei Häftlinge dazu bringen, wieder Nahrung zu sich zu nehmen.

Kurt Scharf hatte sich vor der Begegnung ausführlich mit Ulrike Meinhof befasst, der vierzig Jahre alten gebürtigen Oldenburgerin. Sie und ihre ältere Schwester hatten die Eltern früh verloren und lebten unter der Vormundschaft von Renate Riemeck, der Pädagogikprofessorin und Pazifistin. Ulrike studierte in Marburg und Münster Pädagogik, Geschichte und (wie ihr Vater) Kunstgeschichte und engagierte sich in der Studentengemeinde. Soziale und politische Themen rührten sie auf: Heimkinder, Hilfsschulen, Frauenrechte, ausgebeutete Gastarbeiter, Notstandsgesetze, Atomwaffen, Napalmopfer in Vietnam, Hungertote in Persien. Gewalt verabscheute sie. Zunächst schrieb sie in christlichen Studentenblättern. Unbequem lasen sich ihre Kolumnen in der Zeitschrift *konkret*, auch für Bundesverteidigungsminister Franz Josef Strauß 1961. Er klagte wegen Beleidigung. Der Anwalt Gustav Heinemann sprang Meinhof zur Seite. Mit dem *konkret*-Herausgeber Klaus Rainer Röhl war sie sieben Jahre verheiratet – bis zur Scheidung. Anfang 1968 zog sie mit ihren Zwillingstöchtern nach Berlin. Sie publizierte bei Klaus Wagenbach, in Funk und Fernsehen (»Panorama«) und lehrte an der Freien Universität. Für die Außerparlamentarische Opposition wurde sie selbst aktiv. »Verrückt geworden« (Stefan Aust) an ihrem vergeblichen friedlichen Bemühen und der Härte von Seiten der Presse und der Polizei, meinte sie im Juni 1970, »natürlich kann geschossen werden«. Da war Andreas Baaders gewaltsame Befreiung in Berlin-Dahlem, an der sie teilnahm, gerade vorbei. Sie flüchtete bis nach Jordanien und saß dann doch in Stammheim und Moabit ein. Protestierend, hungernd und ermattet.

Auch wenn Bischof Scharf meinte, er habe Ulrike Meinhof »einiges zugemutet«, zugehört hat er der so ruhigen und ernsten wie eindringlichen Frau bestimmt, aufmerksam geblickt unter seinen buschigen Brauen und dann Zuversicht ausstrahlend geantwortet, liebenswürdig und mit Wärme. Das war seine Art. Die Begegnung schilderte er seinem Biografen, dem Pfarrer a.D. Wolf-Dieter Zimmermann: »Ulrike Meinhof hatte sich sehr intensiv auf das Gespräch vorbereitet. Sie sagte zu Beginn, sie sei sehr erschöpft durch den Hungerstreik; deswegen habe sie das, was sie mit mir besprechen wolle, aufgeschrieben, sie hat mir dann die Bedingungen vorgelesen, die sie untereinander für den Abbruch des Hungerstreiks verabredet hatten. Sie war genau im Bilde über die Zahl der im Hungerstreik Befindlichen in der Bundesrepublik. Es waren damals weit über vierzig. Wir hatten Sorge, daß es bei dem einen oder anderen zu einem Kollaps kommen könne. Sie nannte also ihre Bedingungen. Dann hat sie sich ernsthaft meine Argumente angehört, daß es einem Christen nicht erlaubt sei, Selbstmord zu begehen, auch nicht im Einsatz für ein politisches oder ideelles Ziel. Sie hat sich danach von mir verabschiedet mit Handschlag, was sie sonst – wie ich gehört habe – nie zu tun pflegte. Als ich ›Auf Wiedersehen‹ sagte, antwortete sie: ›Aber wirklich auf Wiedersehen.‹ Daß ich sie nachher in Stammheim nicht noch einmal besucht habe, rechne ich mir als Schuld und Versagen an, nicht aber, daß ich bei ihr war und den Notizzettel mitgenommen habe.«

Diese Notizen und weitere Zettel der Inhaftierten, die sie kirchlichem Besuch mitgaben, befeuerten im misstrauischen Fokus konservativer Blätter den »Berliner Kirchenstreit«. Er flackerte seit längerem. Schon als Berlins Studenten und Studentinnen 1967 revoltierten, hatte Bischof Scharf in der aufgebrachten Öffentlichkeit um Verständnis für ihre Anliegen geworben und ihnen die Kirchenportale zum Gespräch geöffnet. Gleich den jungen Leuten sah er, wie antastbar Menschenwürde war – überall, auch in der Welt westlicher Werte. An den theologischen Fakultäten rumorte es ebenfalls. Ein Marburger Student, Kornelius Burghardt, versteckte die polizeilich wegen Mordes gesuchte Meinhof und eine Genossin 1971 bei sich, gab ihnen Geld und besorgte Pässe. Er zog Bischof Scharf ins Vertrauen, und dieser nahm ihn Ende Oktober 1972 in den Vorbereitungsdienst der evangelischen Kirche auf. Ja, fragte die *Berliner Morgenpost*, wolle der Kirchenmann »der revolutionären Theologie den Weg zur Kanzel« öffnen? Am 11. Januar 1974 verurteilte das Landgericht Frankfurt am Main Burghardt wegen Unterstützung einer kriminellen Vereinigung zu sechs Monaten Freiheitsentzug auf Bewährung. Was nun? fragte sich das Konsistorium. Maßregeln? Relegieren? Nein, reden, und zwar miteinander. Burghardt blieb Vikar und, allen Kommentaren und Kolumnen zum Trotz, ordinierte ihn am Ende seiner Ausbildung – Kurt Scharf.

Woher schöpfte dieser Mensch diese Resilienz? Der Buchhändlersohn aus Landsberg an der Warthe (heute Gorzów Wielkopolski), Spross einer Dynastie von Pfarrern, wusste sich geborgen im Schutz einer übermenschlichen Macht: »Gott führt mich wie einen blinden Gaul.« Hinein in das Reich der Nationalsozialisten führte er den Mann der Bekennenden Kirche. Hinein in die Pfarre Sachsenhausen, wo er im Konzentrationslager mit Brot, Wein und Kelch bewaffnet seinen Dahlemer Kollegen Martin Niemöller stärkte. Hinein in die »Schutzhaft« sah sich Scharf gesteckt, siebenmal, weil er immer wieder seine Gemeinde für Juden und Gefangene beten ließ. Beim Besuch Meinhofs im Gefängnis erinnerte er sich, »wie einem da zumute ist.« Hinein in die Zellen der Ernsten Bibelforscher und Zeugen Jehovas musste er, sie zum Kriegsdienst überreden, und danach in die Höfe, wo man die Verweigerer henkte. Als endlich Frieden war, pflügte der »blinde Gaul« ein neues Feld. Sowjetische Besatzungszone hieß es. Als Propst (»Präses«) von Brandenburg fand sich Scharf in seiner Ein-Raum-Wohnung am Werderschen Markt in Berlin (Ost) – seine Frau Renate und die Kinder lebten im westlichen Dahlem – und aufs Neue im Widerstand, verteidigte Pfarrhaus, Taufe, Konfirmation und Traualtar gegen den staatlichen Atheismus. Ein »Scharfmacher« sei er, kalauerte das *Neue Deutschland*. Im Februar 1961 wurde er Ratsvorsitzender der Evangelischen Kirche in [*Gesamt*-] Deutschland, am 31. August verwehrte man ihm am Sektorenübergang Invalidenstraße für immer die Einreise nach Berlin (Ost). Bei der Auflösung seines dortigen Haushalts half ihm ein religiöser Jungsozialist aus Wuppertal, Johannes Rau. Auch auf zwei feste Freunde konnte sich Scharf verlassen, einst ebenso bekennend und immer noch so widerständig wie er. Zusammen bildeten sie die legendäre »Dreierbande«: Der Theologieprofessor Helmut Gollwitzer, ein guter Freund auch von Rudi Dutschke, und Heinrich Albertz, der den polizeilichen Todesschuss auf Benno Ohnesorg (2. Juni 1967) verantwortete, indem er als Regierender Bürgermeister von Berlin zurücktrat. Scharf vermittelte ihn als Pfarrer in die Gemeinde Schlachtensee. Zählt man den unbeugsamen Protestanten Gustav Heinemann, Scharfs Freund in Bonn, hinzu, war die »Bande« sogar vierköpfig.

Der Altbundespräsident schrieb Scharf am 24. November 1974: »In diesen zumal für dich so aufregenden Tagen sind meine Gedanken oft zu dir gegangen. Sei deines immer nur auf Hilfe bedachten Weges gewiß! Du bist auf Erden und im Himmel nicht allein.« Diesmal ging es besonders um jenen Zettel, den Ulrike Meinhof Kurt Scharf und Undine Zühlke bei ihrem Besuch gegeben hatte. Polizisten fanden das Papier in der Wohnung der Sozialarbeiterin und hielten ihn für einen Kassiber. Dies ging durch die Presse. »Handgranaten im Talar«, titelte BILD-Chefredakteur Peter Boenisch. Auf den Zettel hatte Meinhof auf Scharfs Wunsch Namen von Hungerstreikenden und ihre politischen Ziele gekritzelt. Frau Zühlke besuchte Frau Meinhof und ihre Genossinnen noch mehrmals und empfing wieder Zettel. Nun vernichtete sie sie sofort. Auf einem stand, so ein Zeuge, »Drenkmann«, der Name des Kammergerichtspräsidenten, den einen Tag, nachdem das RAF-Mitglied Holger Meins in der Haft verhungert war, am 10. November Unbekannte ermordeten. Somit fiel der Verdacht der Mithilfe an dem Attentat auf Frau Zühlke und Herrn Burghardt, der den kompromittierenden Zettel kannte. Beide wurden verhaftet. Nach elf Tagen, am 28. November, kamen sie wieder frei. Tags darauf wurde Frau Meinhof wegen gemeinschaftlich versuchten Mordes in Tateinheit mit gemeinschaftlicher Gefangenenbefreiung zu acht Jahren Gefängnis verurteilt.

In dem Geschehen, das hier skizziert ist, steht die Jahreszahl 1976 wie eine Zäsur. Am 9. Mai starb Ulrike Meinhof erhängt in ihrer Zelle in Stuttgart-Stammheim. Gustav Heinemann: »Mit allem, was sie getan hat – so unverständlich es für uns war –, hat sie uns gemeint.« Und Helmut Gollwitzer vor etwa 4000 Trauernden bei ihrer Beerdigung auf dem Dreifaltigkeitskirchhof III, Eisenacher Straße 61 in Berlin-Mariendorf: »Kommt bei all unserem Kämpfen nicht mehr heraus als dies, daß alles umsonst ist?« Ihr Grab wird fast täglich besucht. Jemand Anonymes verlängerte, ehe es 1996 eingeebnet werden sollte, die Ruhezeit.

Am 7. Juli 1976 starb auch Gustav Heinemann, Gollwitzer bei ihm, am Krankenbett und am Grab in Essen. Zu Silvester verließ Kurt Scharf sein Bischofsamt. Er trug damit der schon 1972 erfolgten Wahl eines eigenen Bischofs für die Region Ost der Evangelischen Kirche in Berlin-Brandenburg Rechnung. Doch blieb er aktiv: besonders für Amnesty International und die Aktion Sühnezeichen Friedensdienste, was ihn 1982 veranlasste, sogar vor der UN-Vollversammlung zu reden. Am 28. März 1990 fuhr er, wie üblich mit dem Omnibus, zu einem Besuch nach Berlin-Lichterfelde. Fahrgästen fiel auf, wie sein Kopf regungslos am Fenster lehnte. Er lebte nicht mehr. Bestattet ist er auf dem Dahlemer St.-Annen-Friedhof, ganz dicht bei Rudi Dutschke.

Wolfgang Neuss (1923-1989), in Breslau in der Kneipe der Großeltern aufgewachsen, schafft den Volksschulabschluss. Als einfacher Soldat verstümmelt er sich, um zu überleben. Seither fehlt ihm sein linker Zeigefinger. Im Lazarett fällt sein komisches Talent auf, Grundlage seiner Karriere als Kabarettist und Schauspieler. Er steht der SPD und den rebellierenden Studenten und Studentinnen der Sechzigerjahre nahe. 1969 zieht er sich von Bühne, Film und Fernsehen zurück. Etwa zehn Jahre später tritt er wieder an die Öffentlichkeit.

Richard Freiherr von Weizsäcker (1920-2015) wird im Neuen Schloss zu Stuttgart geboren, macht sein Abitur in Berlin und beendet den Zweiten Weltkrieg im Offiziersrang. Nach seinem Jurastudium in Göttingen verteidigt er seinen Vater, einen NS-belasteten Diplomaten, 1947-1949 in Nürnberg. Er geht in die Pharmaindustrie, 1969 für die CDU in den Bundestag, 1981 als Regierender Bürgermeister nach Berlin und 1984 als Bundespräsident nach Bonn. Sein Bruder ist der Physiker und Friedensforscher Carl Friedrich von Weizsäcker.

Am 5. Dezember 1983 treten Wolfgang Neuss und Richard Weizsäcker im Café Kranzler auf. Es ist ihre einzige Begegnung.

EINE HAND VOLL Gesprächsgäste sitzt am Tisch, bläst Zigarettenrauch in die Luft und diskutiert unter der Ägide eines Moderators. Dieses Format war dem deutschen Publikum vertraut. Zu Weihnachten 1952 begann von Hamburg aus das nordwestdeutsche Fernsehen (heute NDR und WDR) zu senden, schon am 30. August 1953 lud der Journalist Werner Höfer erstmals Kollegen vor die Kamera zum sonntäglichen *Internationalen Frühschoppen*, der sich als *Presseclub* bis heute gehalten hat. Höfer dominierte und dirigierte. Er erteilte das Wort und entzog es. Eine junge Dame schenkte unauffällig Wein nach.

Das Format dagegen, das der Schauspieler und Entertainer Dietmar Schönherr mit seiner Sendung *Je später der Abend* am 18. März 1973 einführte, brachte dem Deutschen Fernsehen etwas Neues. Schönherr kannte es aus den USA und übernahm von dort die Bezeichnung: »Talkshow«. Deren Wesen sei, sagte er, »dass Menschen hier über sich sprechen.« Ganz persönlich, im Austausch mit anderen Gästen und vor Studiopublikum. Diese Gesprächsrunden wurden beliebt. Im November 1974 ging bei Radio Bremen *III nach neun* auf Sendung, im Oktober 1979 von Hamburg aus die *NDR Talk Show*. Beide Programmtitel (den Bremer in geänderter Schreibweise) gibt es – auf abgelegenen Sendeplätzen – noch immer. Ab 7. März 1983 leistete auch der Sender Freies Berlin (SFB) seinen Beitrag zu den Talks der Nordschiene, die im Wechsel in ihren dritten Programmen ausgestrahlt wurden. Der SFB nannte seine Sendung *Leute* und produzierte sie in der Regel an jedem ersten Montag eines Monats zwischen 21.15 und 22.45 Uhr live im Erdgeschoss des Café Kranzler am Kurfürstendamm. Ende 1987 wurde die Talkshow eingestellt.

Den Zuschauerwunsch, »es müsste alles ein bisschen unordentlicher sein«, der schon an Schönherr herangetragen wurde: *Leute* erfüllte ihn. Bei Kranzler brach sich zuweilen das Chaos Bahn. In der Enge des Kaffeehauses, in die sich auch noch die Kellnerinnen mit ihren ovalen Tabletts drängten, mischte sich das Publikum oft temperamentvoll ins Geschehen am runden Gästetischchen ein. Da wurde gelacht, geklatscht, dazwischengerufen und ungefragt hineingefragt. Köchelte die Stimmung, was erwünscht war, konnte sie auf die Prominenten überschwappen, was besonders erwünscht war. Dann musste das Moderatorenpaar wohldosiert gleichzeitig Öl ins Feuer und auf die Wogen geben. Am 5. Dezember 1983 überforderte sie dies. Wolfgang Menge, dem Schauspieler und Drehbuchautor, und der Journalistin und Filmproduzentin Gisela Marx schlugen die Wellen zu hoch, zum Pläsier der Prominenten, des Publikums und zu ihrem eigenen.

Alle fünf Personen, die zu jenem Abend eingeladen waren, hatten Bezüge zu Berlin. Schon die drei Frauen weckten Interesse. Marlies Wanjura, die Christdemokratin (und spätere Reinickendorfer Bezirksbürgermeisterin), wurde auf ihre soziale Arbeit angesprochen. Gudula Lorez, Verlegerin in Schöneberg, schrieb und veröffentlichte erotische und feministische Literatur. Die Liedermacherin Ina Deter, in Lübars gebürtig, hatte gerade einen Schlager in der ZDF-Hitparade platziert, dessen Refrain (»Ich sprüh's auf jede Wand: Neue Männer braucht das Land.«) zur einen Hälfte Anlass für ein Verfahren nach § 111 StGB (Öffentliche Aufforderung zu einer Straftat) wurde und zur anderen zum geflügelten Wort der Frauenbewegung. Die beiden männlichen Gäste konnten diskrepanter kaum sein: Der Kabarettist Wolfgang Neuss aus einer haschischverqualmten Zwei-Zimmer-Wohnung in der Lohmeyerstraße 6, der zwei Tage zuvor in der alternativen Tempelhofer UfA-Fabrik seinen Sechzigsten gefeiert hatte, und der Regierende Bürgermeister Richard von Weizsäcker, wohnhaft in der Grunewalder Dienstvilla, Taubertstraße 19. Seine Partei, die CDU, hatte ihn gerade zum Kandidaten für die Wahl des Bundespräsidenten am 23. Mai 1984 in der Bonner Beethovenhalle nominiert.

Als Neuss mit Wolfgang Menge blödelte, saß Richard von Weizsäcker mit den anderen drei Gästen noch an einem gedeckten Tisch beim Publikum. Ihn mag Neuss' Anblick befremdet haben. Das war nicht mehr der adrett frisierte und gekleidete Komiker, an den er sich erinnerte, sondern ein großmütterlich ausschauender Greis in gelbkariertem Flanellhemd mit langen Haaren und schlechten

Zähnen. Gleichwohl: Wie sich Neuss »mit dem Rest seiner vom Haschisch verschonten natürlichen Art«, so der Soziologe Siegward Lönnendonker, noch immer in Szene setzte, amüsierte Weizsäcker königlich. Seine Berliner und Berlinerinnen erlebten ihr Stadtoberhaupt, das meist nachdenklich und abgeklärt daherkam, einmal ausgelassen – über das Maß an sichtbarem Humor hinaus, zu dem sich ein Politiker vor laufender Kamera zwingen muss. Neuss' Pfeile hatten ihn zum Ziel und wenn er ihn »Richy« nannte und das Publikum vor Vergnügen tobte, verflog für den Moment auch der Rest von Aura, die den Regierenden sonst umgab.

Wolfgang Neuss, der meist ex tempore sprudelte, landete am Ende des Gesprächs mit Wolfgang Menge seine einzige vorbereitete Pointe des Abends, ein Wortspiel.

Neuss: Hier sitzen nur Frauen, ja?

Menge: Ja.

Neuss: Nur Frauen. So, und ihr [Wanjura, Lorez und Deter] seid Mädchen, und wir alle, wir Männer sind auch Frauen. [zu Menge:] Also stell dein ganzes Programm um. *Courage* und *Emma* ist nicht mehr. Hier sitzen nur Frauen. Die Erde ist nur von Frauen bevölkert. Wir sind ab und zu mal Mann, den Frauen zuliebe.

(Lachen setzt ein.)

Menge: Sollen wir 'ne kleine Pause,

(Beifall und Lachen.)

'ne kleine Pause, 'ne kleine Pause?

Neuss: Ja, jederzeit.

Menge: Okay.

Neuss: Ich habe ja gar nichts mehr zu sagen, nur noch 'n Telegramm von – [Neuss weist mit einem Blatt Papier auf Weizsäcker.]

Menge: Also –

Neuss: Weil's ein guter Text ist [...; mit respektvoll erhobenem Zeigefinger] vom Regierenden Bürgermeister: »Übrigens sind wir uns einig: Auf deutschem Boden darf nie wieder ein Joint ausgehen!« Das ist – (Lachen und Klatschen.) hast Du 'n andern Text?

Menge: (lacht) Ich hab 'n andern Text hier, leider.

(Die Band setzt ein zu spielen. Neuss tritt ab. Gudula Lorez folgt als nächstes.)

Als letzter trat Weizsäcker auf, doch Neuss verschaffte sich wieder Gehör. Gisela Marx hatte ihre Mühe mit »König Silberlocke«. Dem Menschen Weizsäcker kam sie nicht näher. Der künftige Staatsmann dozierte über Politik, über sich verlor er kein Wort. Mit ihrem Latein am Ende, übergab Marx an Menge. Der stellte fest, dass Weizsäckers »Sachen [...] schon hundertmal besprochen worden sind und alle Antworten schon bekannt sind.« Aber auch er war ratlos. »Mich würde interessieren, welche Haarfarbe haben Sie früher gehabt?« Wie peinlich. Neuss rettete die Situation, dazwischenrufend, mit einer Publikumsbeschimpfung: »Dass hier überhaupt einige sehr dumme Leute anwesend sind, ja?, die den Richy gar nicht ernst nehmen, finde ich nicht richtig. – Habt ihr schon mal einen intellektuellen Politiker, behaltet ihn, ihr Idioten. Ihr Idioten! So was haben wir doch nicht. Guckt euch doch mal die andern an.« Ins Gelächter hinein meinte Menge zu Weizsäcker: »Da ist was dran, nicht?« Der überhörte das merkwürdige Lob natürlich. Wie geschmeichelt er sich fühlte, sah man ihm aber an.

Was bewegte den extrovertierten »robusten Wortrabauken«, wie Neuss sich nannte? Plante er ein Comeback, vielleicht ins »Haus am Lützowplatz« 9, in dessen Souterrain der »Mann mit der Pauke« in den Fünfziger- und Sechzigerjahren seine Pointen am Schlagzeug begleitete? Nein, der Raubauz wollte einen Mächtigen, den er an sich mochte, reizen, mit welchen Einfällen, bei welchem Thema auch immer, und er schaffte es. Ein junger Mann fragte Weizsäcker: »Werden Sie denn Ihren Bruder zum Berater machen als Bundespräsident in Zeiten der Friedensbewegung?« Das war Neuss' Stichwort. »Herr Regierender Bürgermeister, darf ich mal nähertreten?« Stürmisch begleitete das Publikum den Umbau. Neuss erhielt ein Mikrofon ans Hemd und einen Stuhl zwischen Weizsäcker und Menge.

Neuss: Carl Friedrich von Weizsäcker ist ins Gespräch gebracht worden und Richy muss mal was dazu sagen, find ich.

Menge: Ja, ja, ja.

Weizsäcker: Wenn Sie mich mal lassen, will ich's ja auch gerne tun. Also, äh, mein Bruder ist acht Jahre älter als ich. Er war, er ging gerade oben aus der Schule weg, als ich unten rein ging, äh, und, ähm, er ist außerdem schon viel früher mit allen Sachen –

Wolfgang Neuss und Richard von Weizsäcker in der Talkshow *Leute* im Café Kranzler, Berlin, 5. Dezember 1983

Marx: Hat er mit acht Jahren sämtliche Klassen geschafft? [unwilliges Raunen im Publikum]

Menge: Naja, sei doch nicht so penibel. [Stimmengewirr]

Weizsäcker: Nee, nee, hier in der Pfalzburger Straße [Marx: In Berlin.] sind wir beide auf dieselbe Schule gegangen und da ging er gerade mit dem Abitur oben weg, wie ich unten in die Sexta reinkam.

Neuss: Na, machen wir's kurz: Ihr Bruder weiß einfach mehr. Der war am Max-Planck-Institut, er weiß einfach mehr und sagt einfach nicht alles und denkt immer: »Was macht der Richard? Ich weiß doch einfach mehr. Richard hört nicht auf mich.« [Lachen und Rufe] Ich erklär die Familie besser, weil ich öffentlich informiert – [neue Rufe] ich erklär die Familie besser.

Weizsäcker [greift Neuss am Arm] Vor allem weiß Neuss alles –

Neuss: Nein.

Weizsäcker: – mehr. Ja, und äh, jetzt lassen Sie mich doch mal weiterreden. Ich habe kaum in meinem Leben je einen Menschen getroffen, mit dem ich so gerne und intensiv mich berate. Das tu ich auch weiterhin, aber nicht wie der Herr da hinten sagt, so als zu meinem Berater bestellen. Das würde in unser brüderliches, äh, Verhältnis nicht reinpassen. Erstens! Zweitens –

Neuss: Finde ich richtig.

Weizsäcker: Zweitens [...], ein Intellektueller ist nach meiner Vorstellung einer, der zwar nachdenkt, 'ne Meinung hat, aber den letzten Schritt, der sehr wichtig ist nach meinem, nach meinem Gefühl, nicht tut, nämlich wirklich reinzuspringen in die politische Verantwortung –

Neuss: Außer Günter Grass, außer Günter Grass.

Weizsäcker: [wird wütend] Nein, Günter Grass auch nicht. Der springt –

Neuss: Immer –

Weizsäcker: [schlägt mit der flachen Hand auf die Tischkante und brüllt] Hör doch mal auf, Mensch, hier!

Das wirkte! Nicht, dass Neuss nun verstummt wäre, hier aber heimste Weizsäcker den Beifall ein. Das Publikum feixte, raste, toste. Diese Talkshow blieb im Gedächtnis. Da hatte einer gewagt, einen Großen der Politik penetrant bei einem Kosenamen zu rufen und es geschafft, ihn zur Weißglut zu treiben. Weizsäcker wurde ein geachteter Bundespräsident, der zehn Jahre regierte. Ein Gutteil seiner Popularität aber bezog er aus jenem so menschlichen Moment der Unbeherrschtheit, den Wolfgang Neuss vor Hunderttausenden von Augenzeugen herausgekitzelt hatte. Ihn, den Narren, würdigte der Altbundespräsident posthum 2008 in einem Interview: »Jemandem wie ihm bin ich natürlich nie begegnet, früher nicht, später übrigens auch nicht. Es gibt kaum eine Veranstaltung dieser Art, an die ich mich in meinem Gefühl so lebhaft erinnere und so dankbar dafür bin, dass ich sie, eben, erlebt habe. Das ist dieses Gespräch gewesen. Und wem verdanke ich es? Ihm.«

Bärbel Bohley (1945-2010) ist Ost-Berlinerin. Nach dem Abitur arbeitet sie im Büro, studiert ab 1969 an der Kunsthochschule Berlin-Weißensee Malerei und ist danach freischaffend tätig. Sie engagiert sich in der Frauen- und Friedensbewegung und für Bürgerrechte in der DDR. Im Februar 1988 wird sie ausgewiesen und kehrt sechs Monate später aus London in die DDR zurück. In der »friedlichen Revolution« 1989 ist sie eine herausragende Person. Ab 1996 leistet sie im zerstörten Bosnien Aufbauhilfe und kommt 2008 zurück in ihre Wohnung in Berlin, Prenzlauer Berg.

Helmut Kohl (1930-2017), in Ludwigshafen geboren und gestorben, macht in der CDU, deren Vorsitz er von 1973 bis 1998 innehat, schnell Karriere. Von 1969 bis 1976 ist er Ministerpräsident von Rheinland-Pfalz und von 1982 bis 1998 in der Nachfolge von Helmut Schmidt Bundeskanzler. Er verfolgt eine konservative »geistig-moralische Wende«. Als überzeugter Europäer pflegt er gute Beziehungen zu Frankreich. Ab 1989 nutzt er die Chance, die deutsche Wiedervereinigung auf den Weg zu bringen. Nach dem Ende seiner Amtszeit 1998 steht er im Zentrum einer Parteispendenaffäre.

Helmut Kohl trifft sich 1995 mit Bürgerrechtlern der früheren DDR in Bärbel Bohleys Wohnung und initiiert die Gründung des »Bürgerbüros e. V.« zur Aufarbeitung von Folgeschäden der SED-Diktatur.

IN DER VORMITTAGSHITZE des 23. August 1995 erreicht wenige Minuten vor elf Uhr eine Wagenkolonne den Teutoburger Platz im Berliner Bezirk Prenzlauer Berg. Die schwarze Dienstlimousine mit dem Kennzeichen »B CK 8908« kommt vor dem Eingangstor eines alten Wohnhauses in der Fehrbelliner Straße zum Stehen. Über der rostigen Haustür hängen geschmiedet die Ziffern 9 und 1. Dem zerschrammten Gebäude sieht man seine 130 Jahre an. Die Fensterrahmen sind teils rotbraun, mal weiß gestrichen, der Fassade fehlt flächenweise der Putz, an anderer Stelle verraten fünf verbliebene, verblichene Buchstaben, dass es hier mal Milch zu kaufen gab. Personenschützer beziehen in Haus, Hof und auf dem Bürgersteig Stellung. Presse und Fernsehen sind bereits da. Die Türen des glänzenden Mercedes werden geöffnet. Zwei Regierungspolitiker in Anzügen steigen aus. Sie verschwinden, von verdutzten Passanten und Anwohnern beäugt, in dem ramponierten Treppenhaus. Der eine ist der Bundesminister für besondere Aufgaben Friedrich Bohl und der andere sein Chef, Helmut Kohl, »Kanzler der Einheit«, wie er genannt und erinnert werden möchte.

»Kohl im Widerstand – fast geheim in Berlin.« Mit Ironie titelte der Tagesspiegel am Morgen nach jenem Mittwoch den Bericht vom Besuch des Kanzlers bei Bärbel Bohley und sechs Freunden und Freundinnen aus der Zeit des Umbruchs der DDR. Arrangiert hatte das Treffen Uwe Lehmann-Brauns, ein bekannter Berliner CDU-Politiker und Rechtsanwalt von Bohley. Der Tag der Zusammenkunft war wohlgewählt. Kohl erfreute sich guter Laune. Er war gerade aus seinem alljährlichen Sommerurlaub in St. Gilgen am Wolfgangsee zurück, und die parlamentarische Sommerpause in Bonn ging noch bis 5. September. Doch stand die Wahl des Berliner Abgeordnetenhauses am 22. Oktober bevor und zu befürchten waren wieder nur relativ wenige Prozente für die CDU in den östlichen Bezirken. Jede dritte Stimme entfiel hier auf die Partei des Demokratischen Sozialismus (PDS) und das Bundestagsmandat hatte, wo Bohley wohnte, im Jahr zuvor der PDS-nahe Schriftsteller Stefan Heym gewonnen. Wichtig war dem Kanzler für seinen Besuch im Atelier der Künstlerin das Symbolhafte des Datums: Am 23. August 1995 waren es genau fünf Jahre her, dass die 10. und letzte Volkskammer der DDR am Ende einer vehementen Nachtsitzung »den Beitritt der Deutschen Demokratischen Republik zum Geltungsbereich des Grundgesetzes der Bundesrepublik Deutschland gemäß Artikel 23 des Grundgesetzes mit Wirkung vom 3. Oktober 1990« beschlossen hatte. Der Vorsitzende der PDS Gregor Gysi verkündete damals unter hämischem Beifall: »Das Parlament hat soeben nicht mehr und nicht weniger als den Untergang der Deutschen Demokratischen Republik [...] beschlossen.« Er war Bohleys Anwalt gewesen (1992 nannte sie ihn »Stasi-Spitzel«, wogegen er sich mit Erfolg juristisch wehrte). So wie er befürwortete Bohley einen Dritten Weg der DDR als einem neuen souveränen, gerechten, sozialen Land. Resigniert klang ihr Bonmot: »Wir wollten Gerechtigkeit und bekamen den Rechtsstaat.«

Der Dritte Weg der DDR, kaum begangen, endete mit der Bundestagswahl vom 2. Dezember 1990. Zwar gelangte die »Bündnis 90« genannte Listenvereinigung dreier Bürgerrechtsgruppen ins Bonner Parlament, aber nur als kleine, unbedeutende Fraktion. Im Mai 1993 schloss sie sich den Grünen an. Eher als andere ehemalige Dissidenten machte Bärbel Bohley ihren Frieden mit der Kraft des Faktischen – die der Kanzler verkörperte.

Ihn zu bewirten, war die Herausforderung des 23. August 1995. Bohleys Freundin Katja Havemann packte mit an. Helmut Kohl hatte, anders als bei einer Bonner Begegnung mit Bohley 1992, einen privateren Rahmen gewünscht, und der musste in der Künstlerinnenwohnung geschaffen werden. Reichte Tee als Getränk? Nein, auch Kaffee und Mineralwasser kamen auf den Tisch. Auf welchen Tisch eigentlich? Einen, der lang genug für den Hauptgast und seine Entourage war, improvisierte man mittels Böcken und Platten. Genügend intakte Stühle stellte eine Nachbarin von Katja Havemann in Grünheide zur Verfügung, darunter auch ein breiteres Sitzmöbel für den korpulenten Bundeskanzler, einen geflochtenen, wackligen Gartenstuhl. Katja brachte ihn zu ihrem Vater Felix Grafe in Neubarnim, der ihn noch reparierte. Erst kurz vor Eintreffen der Regierungskolonne tuckerte Katjas Trabant mit dem stabilen Kanzlersitz aus dem Oderbruch vor die Fehrbelliner Straße 91. Minuten später nahm Helmut Kohl darin Platz.

Ob ihm sein Referent deutlich gemacht hatte, in welch ein Widerstandsnest er sich begab? Bohleys Wohnung war zu einer Zeit, als in einem Teil Deutschlands unangepasstes Verhalten noch größten Mut verlangte, ein Treffpunkt junger Oppositioneller gewesen, die sich die DDR als einen besseren Staat vorstellten. Belauscht wussten sie sich über den Telefonanschluss, den Bohley atemberaubend schnell nach Antragstellung gelegt bekam. Observiert sahen sie sich von einem auffallend unauffällig abgestellten Bauwagen aus. Reichlich Material für Stasi-Aktenordner kam da zusammen. Die Verdächtigen saßen gewöhnlich an Bärbel Bohleys Küchentisch. Hatte sie viele Gäste, richtete der diensthabende »Bauarbeiter« sein Fernglas auf die Fenster des geräumigeren Ateliers daneben. Gefeiert wurde bei gutem Wetter unter dem Ahorn im Hinterhof, und zwar laut. »Die Frauen wollten immer singen«, fiel einem häufigen Gast, Ralf Hirsch, auf. »Von ›Marmor, Stein und Eisen bricht‹ bis zu Ton-Steine-Scherben-Songs.« Eine Treppe führte direkt vom Hof in Bohleys Küche. Dort, im Hochparterre kamen 1982 Ost-Berlins erste »Frauen für den Frieden«, ab 1986 die »Initiative Frieden und Menschenrechte« (IFM) und ab September 1989 das »Neue Forum« zusammen, in dem ein Teil der Protestbewegung der DDR zusammengefasst war. Jetzt richtete Bohley einen Bürodienst ein für all die, wie sie sagte, »hunderttausend Leute, die irgendwas wollten. Man war nur müde. Eigentlich nur müde. Im Innersten war man ständig überfordert.«

Das diplomatische Momentum jener Wendezeit schwenkte, je kopfloser die Führung in der Hauptstadt der DDR agierte, je lauer Reformen von Moskau aus gefordert wurden, nach Bonn. Der Realpolitiker Helmut Kohl verhandelte mit den vier Alliierten und der DDR-Regierung. Diejenigen, die in Leipzig und anderswo mutig die Wende eingeleitet hatten, ignorierte er. Ihre Einheitsskepsis ließ er nicht gelten. In der Wüste namens DDR sah er zukünftig Landschaften blühen. Der Widerspruchsgeist der Dissidenten war ihm suspekt. Und nun, ein halbes Dezennium später, parkte Kohls Chauffeur bei einer dieser Querköpfigen von einst, Fehrbelliner Straße 91. Außer Bärbel Bohley und Katja Havemann hatten sich noch fünf weitere eingefunden: die Regisseurin und Autorin Freya Klier, der aus dem Bündnis 90 ausgetretene Günther Nooke, ferner der Regisseur Konrad Weiß, der Publizist Wolfgang Templin und der Pfarrer Ehrhart Neubert, die jenem Bündnis weiterhin angehörten. Die Hauptperson war der Kanzler. Bohley empfand ihn selbstkritisch, »humorvoll und locker«. Er kümmere sich »aus innerem Interesse um den Osten« und könne sich »erstaunlich gut in Ostler hineinversetzen. Dem muss man nicht viel erklären.« Wie mag die Gastgeberin gewirkt haben? So spröd, wie oft öffentlich, oder so voller Mutterwitz und Ironie, wie sie wirklich war? Das »nicht alltägliche Arbeitsgespräch« (Wolfgang Templin) dauerte zwei Stunden. Es ging um Probleme der Vereinigung von Ost und West und der Vergangenheitsbewältigung. Der Kreis um Bohley hatte, so Kohl, Gelegenheit, »Empfindungen und persönliche Erfahrungen« aus der Oppositionszeit wiederzugeben. Alle stimmten darin überein, »dass die öffentliche Diskussion über deutsche Einheit, PDS und DDR in die falsche Richtung« laufe und darüber die Leistung der Dissidenten vergessen werde. »Momentan wird die DDR in der öffentlichen Meinung doch dargestellt, als sei sie ein großer Spaß gewesen,« fand Günther Nooke. Man sollte mehr Lehrerinnen und Lehrer, die die DDR schönreden, entlassen und die Arbeit in den Gedenkstätten besser fördern. »Wir müssen in den Köpfen der Menschen die korrekte Sicht auf die DDR zurückerobern.« Als konkretes Ziel setzte sich die Runde, eine Anlaufstelle einzurichten für Personen, die unter dem Unrecht, das ihnen in der DDR widerfuhr, leiden. Ihnen psychologische oder juristische Hilfe zu vermitteln, nahm am 17. Juni 1996 das »Bürgerbüro e. V.« seine Arbeit auf.

Bevor Helmut Kohl zurück ins Auto stieg, sprach er auf dem Bürgersteig ein paar Worte ins aufgestellte Mikrofon: »Es ist eine große Ermutigung für mich, dass es gerade in diesem Bezirk [den Heym im Bundestag vertrat und wo Gysi wohnte] noch Menschen gibt, die aufrechte Überzeugungen haben.« Offen reden zu können sei ein Recht derer, »die für die Kritik an der DDR gestanden und unter dem Regime gelitten haben. Ich werde nicht zulassen, dass diese

Stimmen verstummen, nur weil es einigen so passt.« – Freya Klier dankte dem Kanzler ausdrücklich für das Kommen, erfreut äußerte sich Günter Nooke: »Wir haben uns gegenseitig Mut gemacht.«

CDU-Generalsekretär Peter Hintze warb um sie. Bohley, Havemann, Klier, Templin und Weiß lehnten ab, der Partei beizutreten. Nooke, Neubert und fünf andere Dissidenten taten es. Eine Woche vor Weihnachten 1996. Damit erfüllte sich ein Wunsch Helmut Kohls: *Diese* neuen Mitglieder halfen den Christdemokraten in den östlichen Bundesländern gegen den Ruf als »Blockflöten«, die im »Demokratischen Block« staatstragend die Politik der SED begleitet hatten. Im Fazit bedeutete die Begegnung Bohleys und Kohls eine Zäsur. Sie spaltete – und beendete letztlich – die in der DDR gewachsene Bürgerrechtsbewegung.

Lesen konnte man dies drei Wochen nach dem Kanzlertreffen in einer Erklärung von 63 Männern und Frauen des Neuen Forums: »Wir glauben vielmehr, dass die Entwicklung in Ostdeutschland, die Reorganisation alter und die Organisation neuer Seilschaften, die Verschleuderung des DDR-Volksvermögens an Alt- und Neureiche und die schrittweise Rücknahme der 1989 in der DDR erkämpften sozialen und bürgerlichen Rechte eine gewollte Politik ist. [...] Wir distanzieren uns von Leuten, die diesem Kanzler im Tausch gegen ein paar vage Versprechungen die Legitimation der DDR-Bürgerbewegung verschaffen wollen.«

Bärbel Bohley verteidigte sich mit einem Vergleich: Hätte Erich Honecker 1988 an ihrer Tür geklingelt, hätte sie ihm auch geöffnet. Das Haus der Demokratie, Treffpunkt der Bürgerrechtler, nannte sie eine »Geisterhöhle«. Im Gegensatz zu ihnen sei sie im Heute angekommen. Die Unangepasste von gestern passte sich an. Bohley, Havemann, Nooke, Weiß und 24 andere ehemalige Bürgerbewegte nahmen im Oktober 1995 das Bundesverdienstkreuz in Empfang (nur die Grüne Ingrid Köppe schlug es aus). Im Dezember lud die Konrad-Adenauer-Stiftung in Berlin zur Vernissage einer Ausstellung mit Werken Bohleys. Kohl zeigte sich mit der bekannten Frau gern. Im Februar 1996 besuchte er sie noch einmal. Im selben Jahr ging sie nach Bosnien. In dem kriegsgeschüttelten Land wartete eine neue Herausforderung auf sie.

LITERATUR

DIE BESTE ALLER WELTEN

Gottfried Wilhelm Leibniz und Sophie Charlotte von Brandenburg

Bartoschek, Gerd u.a.: Sophie Charlotte und ihr Schloß. Ein Musenhof des Barock in Brandenburg-Preußen, Ausstellungskatalog, Prestel, München 1999.

Beuys, Barbara: Sophie Charlotte. Preußens erste Königin, Insel, Berlin 2018.

Hirsch, Eike Christian: Der berühmte Herr Leibniz. Eine Biographie, 3. Aufl., C.H. Beck, München 2016.

Klopp, Onno (Hrsg.): Correspondenz von Leibniz mit Sophie Charlotte, geb. Prinzessin von Braunschweig-Lüneburg, verm. Kurfürstin von Brandenburg, vom 18. Januar 1701 bis 1. Februar 1705 Königin von Preußen, Klindworth, Hannover 1873.

Leibniz, Gottfried Wilhelm: Sämtliche Schriften und Briefe, hrsg. v. d. Berlin-Brandenburgischen Akademie der Wissenschaften und der Akademie der Wissenschaften in Göttingen, Reihe 1: Allgemeiner politischer und historischer Briefwechsel, Bde. 15-24, Akademie Verlag, Berlin 1998-2015.

Reissig, Harald: »Schloß Charlottenburg«, in: Engel, Helmut/Jersch-Wenzel, Stefi/Treue, Wilhelm (Hrsg.): Geschichtslandschaft Berlin. Orte und Ereignisse, Bd. 1, Tl. 2, Nicolai, Berlin (West) 1985, S. 91-112.

MÄTRESSE ODER »NUR« FREUNDIN?

Friedrich Wilhelm II. und Wilhelmine

Abenstein, Edelgard: Die Mätresse des Königs. Die Gräfin Lichtenau alias Wilhelmine Encke, Nicolai, Berlin 2006.

Bringmann, Wilhelm: Preußen unter Friedrich Wilhelm II. 1786-1797, Lang, Frankfurt am Main 2001.

Haase-Faulenorth, Bertold Adolf: Gräfin Lichtenau. Ein Schicksal zwischen den Zeiten, Bernard & Gräfe, Berlin 1934.

Hagemann, Alfred P.: Wilhelmine von Lichtenau. Von der Mätresse zur Mäzenin, Böhlau, Köln 2007.

Reissig, Harald: »Das Flora-Gelände«, in: Engel Helmut/Jersch-Wenzel, Stefi/Treue, Wilhelm (Hrsg.): Geschichtslandschaft Berlin. Orte und Ereignisse, Bd. 1, T. 1, Nicolai, Berlin 1986, S. 113-128.

Schummel, Johann Gottlieb: Apologie der Gräfin Lichtenau gegen die Beschuldigungen mehrerer Schriftsteller. Von ihr selbst entworfen. Nebst einer Auswahl von Briefen an sie, 1. Bd.: »Apologie der Gräfin Lichtenau gegen die Beschuldigungen mehrerer Schriftsteller«, Wilhelm Heinsius, Leipzig und Gera 1808.

EINE UNERWIDERTE LIEBE

Henriette Herz und Ludwig Börne

Bock, Helmut: Ludwig Börne. Vom Gettojuden zum Nationalschriftsteller, Rütten & Loening, Berlin (Ost) 1962.

Drewitz, Ingeborg: Berliner Salons, Haude & Spener, Berlin (West) 1965, S. 12-38.

Fürst, Joseph (Hrsg.): Henriette Herz. Ihr Leben und ihre Erinnerungen, Verlag von Wilhelm Hertz, Berlin 1850.

Geiger, Ludwig (Hrsg.): Briefwechsel des jungen Börne und der Henriette Herz, Schulze, Oldenburg und Leipzig 1905.

Geiger, Ludwig (Hrsg.): Ludwig Börnes Berliner Briefe 1828. Nach den Originalen mit Einleitung und Anmerkungen, Friedrich Fontane & Co., Berlin 1905.

Jasper, Willi: Keinem Vaterland geboren. Ludwig Börne. Eine Biographie, Hoffmann und Campe, Hamburg 1989.

Schmitz, Rainer: Henriette Herz in Erinnerungen, Briefen und Zeugnissen, Gustav Kiepenheuer, Leipzig und Weimar 1984.

AUFBEGEHREN GEGEN DEN ZEITGEIST

Rahel Varnhagen und Pauline Wiesel

Arendt, Hannah: Rahel Varnhagen. Lebensgeschichte einer deutschen Jüdin aus der Romantik, Piper, München 1957.

Atzenbeck, Carl: Pauline Wiesel. Die Geliebte des Prinzen Louis Ferdinand von Preußen, Klinkhardt & Biermann, Leipzig 1919.

Deiulio, Laura: »The Voice of the schöne Seele: Rahel Levin Varnhagen and Pauline Wiesel as Readers of Weimar Classicism«, in: Goozé, Marjanne E. (Hrsg.): Challenging Separate Spheres. Female Bildung in Eighteenth- and Nineteenth-Century Germany, Peter Lang AG, International Academic Publishers, Bern 2007, S. 93-108.

Hahn, Barbara: »Erinnerungen an eine nie vorhandene Zeit. Jugend in Rahel Levin Varnhagens Briefwechsel mit Pauline Wiesel und Friedrich Gentz«, in: Oesterle, Günter (Hrsg.): Jugend – ein romantisches Konzept?, Königshaus & Neumann, Würzburg 1997, S. 193-203.

Hahn, Barbara (Hrsg.): Rahel Levin Varnhagen. Briefwechsel mit Pauline Wiesel, C. H. Beck, München 1997.

Hentschel, Volker, Preußische Porträts. Zwischen Revolution und Restauration, Lau Verlag, Reinbek/München 2017, S. 591-656.

Schmid, Pia: »Die Freundinnen Levin Varnhagen und Pauline Wiesel. Zum Freundschaftskult im deutschen Bildungsbürgertum«, in: Labouvie, Eva (Hrsg.): Schwestern und Freundinnen. Zur Kulturgeschichte weiblicher Kommunikation, Böhlau, Köln 2009, S. 101-119.

WIE GUT DARF EIN RICHTER SEIN?
Ernst Theodor Wilhelm Hoffmann und Helmina von Chézy

Allroggen, Gerhard/Auhuber, Friedhelm/Mangold, Hartmut/Petzel, Jörg und Steinecke, Hartmut (Hrsg.): E. T. A. Hoffmann, Sämtliche Werke in sechs Bänden, 6. Bd.: Späte Prosa. Briefe. Tagebücher und Aufzeichnungen. Juristische Schriften. Werke 1814-1822, Suhrkamp, Frankfurt am Main 2004.

Chézy, Helmina von: »Note zu einer Note«, in: Der Gesellschafter vom 26. März 1823.

Chézy, Helmina von: Unvergessenes. Denkwürdigkeiten aus dem Leben von Helmina von Chézy, Von ihr selbst erzählt, 2. Bd., F. A. Brockhaus, Leipzig 1858.

Günzel, Klaus (Hrsg.): E. T. A. Hoffmann. Leben und Werk in Briefen, Selbstzeugnissen und Zeitdokumenten, Verlag der Nation, Berlin (Ost) 1976.

Hundt, Irina: »›Wäre ich besonnen, wäre ich nicht Helmina.‹ Helmina von Chézy (1783–1856) – Porträt einer Dichterin und Publizistin«, in: Jahrbuch Forum Vormärz Forschung 2 (1996), S. 43–80.

Leistner, Maria-Verena: »Meine Lieder schossen auf wie die Nesseln«. Denkwürdiges über Wilhelmine von Chézy, Vortrag der Goethe-Gesellschaft Erfurt, Leipzig, 6. März 2018.

Schnapp, Friedrich (Hrsg.): E. T. A. Hoffmann, Juristische Arbeiten, Winkler, München 1973.

Wittkop-Ménardeau, Gabrielle: E. T. A. Hoffmann in Selbstzeugnissen und Bilddokumenten, Rowohlt, Reinbek bei Hamburg 1966.

DER ARMUT TROTZEN
Bettina von Arnim und die Frau aus Fahrland

Arnim, Bettine von: »Der sogenannte ›Heckebeutel‹«, Erste Fassung, in: Werke und Briefe in vier Bänden, hrsg. v. Heinz Härtl, Walter Schmitz und Sibylle von Steinsdorff, 3. Band: Politische Schriften, Deutscher Klassiker Verlag, Frankfurt am Main 1995.

Baumgart, Hildegard: Bettine und Achim von Arnim. Die Geschichte einer ungewöhnlichen Ehe, Insel Verlag, Berlin 2016.

Landfester, Ulrike, und Schulz, Hartwig: Dies Buch gehört den Kindern. Achim und Bettine von Arnim und ihre Nachfahren (=Beiträge eines Wiepersdorfer Kolloquiums zur Familiengeschichte), Saint Albin Verlag, Berlin 2003.

Lemm, Uwe: Die Wohnungen Bettina und Achim von Arnims in Berlin, in: Internationales Jahrbuch der Bettina-von-Arnim-Gesellschaft, 5. Bd., Berlin 1993, S. 104-118.

Oehlke, Waldemar (Hrsg.): Bettina von Arnims Sämtliche Werke, 1. Band, Propyläen Verlag, Berlin 1920.

Vordtriede, Werner (Hrsg.): Bettina von Arnims Armenbuch, Insel Verlag, Frankfurt am Main 1981.

MIT DEM TEUFEL KIRSCHEN ESSEN
Otto von Bismarck und Ferdinand Lassalle
Engelberg, Ernst: Bismarck. Sturm über Europa, Siedler, Berlin 2014.
Friederici, Hans Jürgen: Ferdinand Lassalle. Eine politische Biographie, Dietz, Berlin (Ost) 1985.
Mayer, Gustav: Bismarck und Lassalle. Ihr Briefwechsel und ihre Gespräche, Dietz, Berlin 1928.
Oncken, Hermann: Lassalle. Eine politische Biographie, Deutsche Verlags-Anstalt, Stuttgart und Berlin 1923.
Oschilewski, Walther G.: »Lassalle in Berlin«, in: Verein für die Geschichte Berlins. Jahrbuch 1951, S. 65-79.

DER ALTE MANN UND DAS MÄDCHEN
Robert Koch und Hedwig Freiberg
Grüntzig, Johannes W. und Mehlhorn, Heinz: Robert Koch. Seuchenjäger und Nobelpreisträger, Spektrum Akademischer Verlag, Heidelberg 2010.
Genschorek, Wolfgang: Robert Koch. Leben. Werk. Zeit, Leipzig 1979.
Koch, Hedwig: Mein Weg mit Robert Koch, hrsg. v. Barz, Heiner, Wallstein, Göttingen 2023.
Kirchner, Martin: Robert Koch, Verlag Julius Springer, Wien und Berlin 1924.

GEHÖRT DEM KOMMUNISMUS DIE ZUKUNFT?
Walther Rathenau und Karl Radek
Carr, Edward Hallett: »Radek's ›Political Salon‹ in Berlin 1919«, in: Soviet Studies 3 (1952), 411-430.
Gall, Lothar: Walther Rathenau. Portrait einer Epoche, C.H. Beck, München 2009.
Gutjahr, Wolf-Dietrich: Revolution muss sein. Karl Radek – die Biographie, Böhlau, Köln 2012.
Joeres, Niels: Der Architekt von Rapallo: Der deutsche Diplomat Ago von Maltzan im Kaiserreich und in der frühen Weimarer Republik, Diss. Heidelberg 2005.
Sabrow, Martin: Die Macht der Mythen. Walther Rathenau im öffentlichen Gedächtnis. Sechs Essays. Arsenal, Berlin 1998.
Schölzel, Christian: Walther Rathenau. Eine Biographie, Schöningh, Paderborn 2006.
Schölzel, Christian: »Walther Rathenau und Karl Radek. Die gescheiterte Emanzipation im Verhandlungszimmer«, in: Brömsel, Sven, Küppers, Patrick und Reichhold, Clemens (Hrsg.): Walther Rathenau im Netzwerk der Moderne, Verlag de Gruyter Oldenbourg, Berlin 2014, S. 53-69.
Schüddekopf, Otto-Ernst: »Karl Radek in Berlin. Ein Kapitel deutsch-russischer Beziehungen im Jahre 1919«, in: Archiv für Sozialgeschichte 2 (1962), S. 17-24.

MEHR ALS EINE MUSE

Christopher Isherwood und Jean Ross

Bartels, Gunda: »Auf den Spuren von Christopher Isherwood: Wo das Musical ›Cabaret‹ spielte«, in: Der Tagesspiegel vom 27. Juli 2023.

Berg, James J. und Freeman, Chris (Hrsg.): Conversations with Christopher Isherwood, University Press of Michigan, Jackson 2001.

Bucknell, Katherine: Christopher Isherwood Inside Out, Chatto & Windus, London 2024.

Caudwell, Sarah: »Reply to Berlin«, in: New Statesman vom 3. Oktober 1986.

Firchow, Peter Edgerly: Strange Meetings. Anglo-German Literary Encounters from 1910 to 1960, Catholic University of America Press, Washington D.C. 2008.

Isherwood, Christopher: Christopher and His Kind, 1929-1939, Farrar, Straus and Giroux, New York 1976.

Isherwood, Christopher: Goodbye to Berlin, Hogarth Press, London 1939.

EIN KORB FÜR DEN REICHSMINISTER

Marianne Hoppe und Joseph Goebbels

Kohse, Petra: Marianne Hoppe. Eine Biografie, Ullstein, Berlin 2001.

Gathmann, Peter und Paul, Martina: Narziss Goebbels. Eine Biografie, Böhlau, Wien und Köln 2009.

Longerich, Peter: Goebbels. Biographie, Siedler, München 2010.

Stern, Carola: An den Wassern des Lebens. Gustaf Gründgens und Marianne Hoppe. Kiepenheuer & Witsch, Köln 2005.

Witter, Ben: »Marianne Hoppe heißt dieses Kind«, in: Die Zeit vom 15. August 1980.

HITLER DIE SCHAU GESTOHLEN

Jesse Owens und Luz Long

Baker, William J.: Jesse Owens. An American Life, Free Press, New York, 1988.

Brooks, F. Erik, und Jones, Kevin M.: Jesse Owens. A Life in American History. Greenwood Press, Westport 2020.

Long, Kai-Heinrich: Luz Long – eine Sportlerkarriere im Dritten Reich. Sein Leben in Dokumenten und Bildern. Arete Verlag, Hildesheim 2015.

Long, Luz: »Mein Kampf mit Owens«, in: Neue Leipziger Zeitung, Sonderausgabe, 11. August 1936.

Owens, Jesse: »My Greatest Olympic Prize«, in: Reader's Digest Asia, Oktober 1960.

Owens, Jesse, und Neimark, Paul G.: The Jesse Owens Story, Putnam, New York 1970.

KATHOLIKEN IM WIDERSTAND

Hans Globke und Konrad Graf von Preysing

Adam, Stephan: Konrad Kardinal von Preysing. Ein Lebensbild, Friedrich Pustet und Willibaldverlag, Regensburg und Eichstätt 2010.

Adolph, Walter: Kardinal Preysing und zwei Diktaturen. Sein Widerstand gegen die totalitäre Macht, Morus-Verlag, Berlin (West) 1971.

Augstein, Rudolf: »Globke und andere Deutsche«, in: Der Spiegel vom 21. März 1961.

Bevers, Jürgen: Der Mann hinter Adenauer. Hans Globkes Aufstieg vom NS-Juristen zur Grauen Eminenz der Bonner Republik, Christoph Links Verlag, Berlin 2009.

Eschenburg, Theodor: »Globke im Sturm der Zeiten«, in: Die Zeit vom 10. März 1961.

Hehl, Ulrich von, »Hans Globke (1898-1973)«, in: Aretz, Jürgen/Morsey, Rudolf/Rauscher, Anton (Hrsg.), Zeitgeschichte in Lebensbildern, 3. Bd. »Aus dem deutschen Katholizismus des 19. und 20. Jahrhunderts«, Matthias-Grünewald-Verlag, Mainz 1979, Nachdruck Aschendorff, Münster 2022, S. 247–259.

Herzberg, Heinrich: Dienst am höheren Gesetz. Dr. Margarete Sommer und das »Hilfswerk beim Bischöflichen Ordinariat Berlin«, hrsg. v. d. Katholischen Pfarrei Herz Jesu, Berlin Prenzlauer Berg, Servi-Verlag, Berlin 2000.

Lösener, Bernhard: »Als Rassereferent im Reichsministerium des Innern«, hrsg. v. Strauß, Walter, in: Vierteljahreshefte für Zeitgeschichte 9 (1961), Heft 3, S. 264–313.

Lommatzsch, Erik: Hans Globke (1898–1973). Beamter im Dritten Reich und Staatssekretär Adenauers, Campus, Frankfurt am Main 2009.

Ramge, Thomas: Die großen Polit-Skandale. Eine andere Geschichte der Bundesrepublik, Campus, Frankfurt am Main 2003, S. 46-63.

Sick, Carsten: Hans Globke (1898–1973). Eine bundesdeutsche Nachkriegskarriere? Deutscher Wissenschafts-Verlag, Baden-Baden 2020.

Strecker, Reinhard (Hrsg.): Dr. Hans Globke. Aktenauszüge, Dokumente, Rütten & Loening, Hamburg 1961.

UM EIN BESSERES DEUTSCHLAND

Ludwig Beck und Eduard Spranger

Bräuer, Gottfried: »Eduard Sprangers Moabiter Aufzeichnungen«, in: Sacher, Werner / Schraut, Alban (Hrsg.): Volkserzieher in dürftiger Zeit. Studien über Leben und Wirken Eduard Sprangers, Peter Lang, Frankfurt am Main 2004, S. 121-156.

Buchheit, Gert: Ludwig Beck ein preußischer General, List, München 1964.

Fechter, Paul: Menschen und Zeiten. Begegnungen aus fünf Jahrzehnten, Bertelsmann, Gütersloh 1948.

Himmelstein, Klaus: »Eduard Spranger im Nationalsozialismus«, in: Sacher, Werner / Schraut, Alban (Hrsg.), Volkserzieher in dürftiger Zeit. Studien über Leben und Wirken Eduard Sprangers, Peter Lang, Frankfurt am Main 2004, S. 105-120.
Löffelholz, Michael: »Eduard Spranger«, in: Gall, Lothar (Hrsg.): Die großen Deutschen unserer Epoche, Propyläen, Berlin 1995, S. 83-95.
Müller, Klaus-Jürgen: Generaloberst Ludwig Beck. Eine Biographie, Ferdinand Schöningh, Paderborn 2008.
Sauerbruch, Ferdinand: Das war mein Leben, Kindler & Schiermeyer, Bad Wörishofen 1951.
Scholder, Klaus (Hrsg.): Die Mittwochsgesellschaft. Protokolle aus dem geistigen Deutschland 1932-1944, Severin und Siedler, Berlin (West) 1982.
Schraut, Alban: Biographische Studien zu Eduard Spranger, Klinkhardt, Bad Heilbrunn 2007.
Spranger, Eduard: Berliner Geist, Rainer Wunderlich, Tübingen 1966.

BRONZE FÜR EINEN ARZT

Ferdinand Sauerbruch und Yrsa von Leistner

Genschorek, Wolfgang: Ferdinand Sauerbruch. Ein Leben für die Chirurgie, Hirzel, Leipzig 1989.
Hardinghaus, Christian: Ferdinand Sauerbruch und die Charité. Operationen gegen Hitler, Europa Verlag, Berlin 2009.
Leistner, Yrsa von: Große Begegnungen aus der Sicht einer Künstlerin, Hohenrain Verlag, Tübingen 1986.
Leistner, Yrsa von: »Ich erlebte Sauerbruch. Tatsachenbericht«, in: Der Tagesspiegel vom 13. Dezember 1953 bis 8. Januar 1954.
Nissen, Rudolf: Helle Blätter, dunkle Blätter. Erinnerungen eines Chirurgen. Deutsche Verlags-Anstalt, Stuttgart 1969.
Sauerbruch, Ferdinand: Das war mein Leben, Kindler, Bad Wörishofen 1951.

DIE KRAFT DER MUSIK

Wilhelm Furtwängler und Yehudi Menuhin

Burton, Humphrey: Menuhin. Die Biographie, Piper, München 2001.
Gülke, Peter: »Furtwängler, (Gustav Heinrich Ernst Martin) Wilhelm«, in: Die Musik in Geschichte und Gegenwart. Allgemeine Enzyklopädie der Musik, Personenteil, 7. Bd., Bärenreiter, Kassel 2002, Sp. 291-297.
Haffner, Herbert: Wilhelm Furtwängler. Im Brennpunkt von Macht und Musik, Wolke, Hofheim 2020.
Höcker, Karla: Wilhelm Furtwängler. Begegnungen und Gespräche, Rembrandt, Berlin (West) 1961.
Menuhin, Yehudi: Unvollendete Reise. Lebenserinnerungen, Piper, München 1976.

FRAKTUR EINER FREUNDSCHAFT
Wolfgang Harich und Walter Janka
Brodersen, Ingke (Hrsg.): Der Prozeß gegen Walter Janka und andere. Rowohlt, Reinbek bei Hamburg 1990.
Göcht, Daniel: »Ein linientreuer Dissident«, in: junge welt vom 9. Dezember 2023.
Harich, Wolfgang: Ahnenpass. Versuch einer Autobiographie, Berlin 1999.
Harich, Anne: »Wenn ich das gewußt hätte...«. Erinnerungen an Wolfgang Harich, Das Neue Berlin, Berlin 2007.
Herzberg, Guntolf: Anpassung und Aufbegehren. Die Intelligenz der DDR in den Krisenjahren 1956/58, Christoph Links Verlag, Berlin 2006.
Herzberg, Guntolf: Wolfgang Harich – eine philosophische Wiederentdeckung / Walter Janka und die Gruppe Harich, (= »hefte zur ddr-geschichte«, Heft 146) Helle Panke, Berlin 2017.
Janka, Walter: ... bis zur Verhaftung. Erinnerungen eines deutschen Verlegers, Aufbau, Berlin, Weimar 1993.
Janka, Walter: Schwierigkeiten mit der Wahrheit, Rowohlt Taschenbuch, Reinbek bei Hamburg 1989.
Janka, Walter: Spuren eines Lebens, Rowohlt, Berlin 1991.
Prokop, Siegfried: Ich bin zu früh geboren. Auf den Spuren Wolfgang Harichs, Dietz, Berlin 1997.
Schneider, Rolf: »Schwierigkeiten mit der Wahrheit«, in: Der Spiegel vom 3. Juni 1990.
Sieber, Sven: Walter Janka und Wolfgang Harich. Zwei DDR-Intellektuelle im Konflikt mit der Macht (= Chemnitzer Beiträge zur Politik und Geschichte. Bd. 1), Lit, Berlin u. a. 2008.

IST GEFÄNGNISBESUCH CHRISTENPFLICHT?
Ulrike Meinhof u d Kurt Scharf
Ditfurth, Jutta: Ulrike Meinhof. Die Biographie, Ullstein, Berlin 2007.
Duve, Freimut (Hrsg.): »Pfarrer, die dem Terror dienen«? Bischof Scharf und der Berliner Kirchenstreit 1974. Eine Dokumentation, Rowohlt, Reinbek bei Hamburg 1975.
Prinz, Alois: Lieber wütend als traurig. Die Lebensgeschichte der Ulrike Marie Meinhof, Beltz & Gelberg, Weinheim 2003.
Röhl, Anja: Die Frau meines Vaters, Edition Nautilus, Hamburg 2013.
Scharf, Kurt: Widerstehen und Versöhnen. Rückblicke und Ausblicke, Radius, Stuttgart 1987.
Wesemann, Kristin: Ulrike Meinhof. Kommunistin, Journalistin, Terroristin – eine politische Biographie, Nomos, Baden-Baden 2007.
Zimmermann, Wolf-Dieter: Kurt Scharf. Ein Leben zwischen Vision und Wirklichkeit, Vandenhoeck & Ruprecht, Göttingen 1992.

EIN FEST DES FERNSEHENS

Wolfgang Neuss und Richard von Weizsäcker

Daniel, Rüdiger (Drehbuch und Regie): Das Neuss Testament. Wolfgang Neuss – ein Selbstporträt, Rundfunk Berlin-Brandenburg und dibs-film, Potsdam und Haan 2009.

Filmer, Werner und Schwan, Heribert (Hrsg.): Richard von Weizsäcker. Profile eines Mannes, Econ, Düsseldorf und Wien 1984.

Kaczmarek, Norbert: »...statt immer nur herumzudenken«. Richard von Weizsäcker und Berlin 1978-1984, Vergangenheitsverlag, Berlin 2012.

Pflüger, Friedbert: Richard von Weizsäcker. Ein Porträt aus der Nähe, Deutsche Verlags-Anstalt, Stuttgart 1990.

Salvatore, Gaston: Wolfgang Neuss – ein faltenreiches Kind. Biographie, Europäische Verlagsanstalt, Hamburg 1995.

FAST EIN GEHEIMTREFFEN

Bärbel Bohley und Helmut Kohl

Berg, Stefan: »Allein gegen alle. Bärbel Bohley: Warum die Symbolfigur des Herbstes 1989 nicht zur Volksheldin taugte«, in: Der Spiegel vom 27. September 1999.

Kern, Ingolf: »Die Gedankenlosigkeit dieses Landes«, in: Frankfurter Allgemeine Zeitung vom 3. April 2009.

Leinkauf, Maxi: »Bärbel Bohley über 1989. Interview«, in: Süddeutsche Zeitung vom 10./11. Januar 2009.

Maier, Anja: »›Was haben wir gelacht. Revolutionäre Bärbel Bohley hat Eierbecher bemalt und Honecker gestürzt. Dann galt sie als Heulsuse der Wende. Ein Gespräch über Gelassenheit, Lachen und Adrenalin«, in: sonntaz vom 2. Oktober 2009.

Mönch, Regina: »Kohl im Widerstand – fast geheim in Berlin«, in: Der Tagesspiegel vom 24. August 1995.

Piepgras, Ilka: »›Wir haben uns Mut gemacht‹. Der Bundeskanzler besuchte Bärbel Bohley zur Teestunde mit Bürgerrechtlern«, in: Berliner Zeitung vom 24. August 1995.

Schwarz, Hans Peter: Helmut Kohl. Eine politische Biographie, Deutsche Verlags-Anstalt, München 2012.

Sontheimer, Michael und Wensierski, Peter: Berlin - Stadt der Revolte, Christoph Links Verlag, Berlin 2018, S. 334-342.

BILDQUELLENVERZEICHNIS

Archiv des Autors: S. 79 links (Postkarte); S. 113; S. 121 links (Postkarte).
Berlin Archiv, Blatt 08039, Archiv Verlag, Braunschweig, November 1989: S. 120.
Bildarchiv Preußischer Kulturbesitz: S. 86 links: bpk / Liselotte Orgel-Köhne.
Bundesarchiv: S. 51 links Bild 183-R15449; S. 66 Bild 183-L40010/ o. Ang.; S. 79 rechts Bild 146-1968-101-20A; S. 100 links Bild 146-1980-033-04; S. 135 rechts B 145 Bild-F063403-0005; S. 142 links Bild 183-1990-0109-301, rechts B 145 Bild-00107353.
Gedenkstätte Deutscher Widerstand: S. 121 rechts.
Heinrich Heine Universtät Düsseldorf: S. 58 rechts https://bildungsforschung.hhu.de/preview/#iLightbox[gallery_image_1]/1.
Imago: S. 140.
Institut für Sozialforschung, Hamburg: S. 135 links.
Internet Archive: S. 45 rechts https://archive.org/details/diesbuchgehrtdooarniuoft/page/n3/mode/2up.
JesseOwensMemorialPark: S. 98.
Kommission für Zeitgeschichte: S. 86 rechts.
Landesbildstelle Berlin: S. 128 rechts.
Psychologie des Jugendalters, Spranger, Eduard, Quelle & Meyer, Heidelberg 1955: S. 100 rechts.
Robert Koch Institut: S. 62.
National Portrait Gallery, London: S. 72 links; S. 114 rechts (Howard Coster)
Sportscollectorsdigest: S. 93 rechts.
Staatsbibliothek Berlin, 55 Nachl 13/F, Mappe 6: S. 114 links
Steyler Missionare: S. 107 rechts.
Wikimedia Commens: S. 9: links https://commons.wikimedia.org/wiki/-Category:Portraits_of_Gottfried_Wilhelm_Leibniz?uselang=de#/media/-File:Wag_gottfried_wilhelm_leibnitz.jpg; rechts https://commons.wikimedia.org/wiki/File:Friedrich_Wilhelm_Weidemann_-_Sophie_Charlotte,_K%C3%B6nigin_von_Preu%C3%9Fen.jpg; S. 13 http://www.gwleibniz.com/sophie_charlotte/sophie_charlotte_leibniz.html; S. 16 links https://de.m.wikipedia.org/wiki/Datei:Thermisch,_Anna_Dorothea_-_Friedrich_Wilhelm_II.jpg; rechts https://de.wikipedia.org/wiki/Wilhelmine_von_Lichtenau#/media/Datei:Gr%C3%A4fin_Lichtenau.jpg; S. 24 links https://commons.wikimedia.org/wiki/File:Rahel_Levin.png; rechts https://de.wikipedia.org/wiki/Datei:Pauline_Wiesel_Schroeder.jpg; S. 31 links https://commons.wikimedia.org/wiki/Henriette_Herz?uselang=de#/media/File:Henriette_Herz_by_Anton_Graff_1792.jpg; rechts https://de.wikipedia.org/wiki/Ludwig_B%C3%B6rne#/media/Datei:Oppenheim_-_Ludwig_B%C3%B6rne.jpg.

S. 33 https://de.m.wikipedia.org/wiki/Datei:Salon_Henriette_Herz.jpg; S. 38 links https://commons.wikimedia.org/wiki/Category:Portraits_of_E._T._A._Hoffmann?uselang=de#/media/File:ETA_Hoffmann.jpg; rechts https://commons.wikimedia.org/w/index.php?search=Helmina+von+Ch%C3%A9zy&title=Special:MediaSearch&go=S.&uselang=de&type=image; S. 41 -https://de.m.wikipedia.org/wiki/Datei:Berlin_Lindenstrasse_Kammergericht.jpg; S. 45 links https://commons.wikimedia.org/wiki/File:Bettina_von_Arnim.jpg?uselang=de; S. 51 rechts https://commons.wikimedia.org/w/index.php?search=ferdinand+lasalle&title=Special:MediaSearch&go=S.&uselang=de&type=image; S. 58 links https://upload.wikimedia.org/wikipedia/commons/8/8d/RobertKoch_cropped.jpg?uselang=de; S. 93 links https://commons.wikimedia.org/wiki/File:Jesse_Owens_1936.jpg; S. 107 links https://commons.wikimedia.org/wiki/File:Sauerbruch-Visite-1943.jpg?uselang=de; S. 128 links https://commons.wikimedia.org/wiki/File:Ulrike_Meinhof_als_junge_Journalistin_(retuschiert).jpg.
WordPressCom: S. 72 rechts.

MEIN DANK

gilt den Damen und Herren am Landesarchiv Berlin, im Geheimen Staatsarchiv, in der Staatsbibliothek zu Berlin Preußischer Kulturbesitz und der Zentralen Landesbibliothek, die es mir mit Rat und Tat erleichterten, in ihre Akten, Bücher und Berlin-Sammlungen Einblick zu nehmen. Besonders bedanke ich mich bei Dr. Christina Kuhli von der Humboldt-Universität zu Berlin, Gerda Fabert und Sabine Boas-Knoop von der Charité für Ihre Mithilfe beim Aufspüren der Sauerbruch-Büste von Yrsa von Leistner. Dank geht an Rolf Ketteler für erhellende Stunden mit Furtwänglers Musik im Ohr. Und wie immer mein ganz persönliches Dankeschön meiner Frau Hildegard Schneider, die mit Stift und gutem Auge sich Zeit nahm, am Manuskript zu feilen.

Andreas Hoffmann, Historiker, lebt in Berlin. Im Transit Buchverlag erschienen von ihm »Verschwundene Orte. Prominente Abrisse in Berlin«, 1997, »Berlin wird morgen abgebrannt. Die Geschichte eines Brandstifter-Pärchens samt ihres angerichteten Schadens«, 1998, »Luftschlösser. Berlins unvollendete Bauten«, 2003, und »Schmargendorfer Alpen, Rummelsburger Bucht und Blanke Hölle«, 2020.